KB213410

오늘은 두부
내일은 당근 수프

SISTER · HIROKO NO MITORI NO LESSON
ⓒ Miki Koide 2018
First published in Japan in 2018 by
KADOKAWA CORPORATION, Tokyo.
Korean translation rights arranged with
KADOKAWA CORPORATION, Tokyo
through Shinwon Agency Co., Seoul.

Korean translation copyright ⓒ 2022 by Pauline, Seoul

오늘은 두부
내일은 당근 수프

고이데 미키 지음

최현영 옮김

오늘은 두부 내일은 당근 수프

2021년 10월 20일 교회인가
2022년 8월 10일 1판 1쇄 발행
2023년 12월 10일 1판 5쇄 발행

지은이 | 고이데 미키
옮긴이 | 최현영
펴낸이 | 이순규
펴낸곳 | 바오로딸

01166 서울 강북구 오현로7길 34
등록 | 제7-5호 1964년 10월 15일
전화 | 02) 944-0800 팩스 | 987-5275

취급처 | 중앙보급소
전화 | 02) 984-3611 팩스 | 984-3612
ⓒ 바오로딸 · 2022 FSP 1596
값 12,000원

이메일 | edit@pauline.or.kr
인터넷 서점 | www.pauline.or.kr 02) 944-0944
ISBN 978-89-331-1483-4 03830

- 본문의 * 표시는 옮긴이 주입니다.
- 이 책에는 을유1945체를 사용했습니다.

이 책은 저작권법에 의해 보호를 받는 저작물이므로 무단 전재와 복제를 금합니다.

시작하며

히로코 수녀의 선물

아담한 체구의 수녀님 얼굴이, 당연하겠지만, 화장기가 전혀 없는데도 반질반질 윤기가 났다.

"피부에 뭘 바르세요?"

수녀님에게 아름다운 피부의 비밀을 묻자,

"네? 저요? 물과 공기를 바르지요."

밝고 경쾌한 대답이 돌아온다.

히로코 수녀님은 항상 무언가 재미있는 일이 없을까 찾아다니는 호기심 가득한 소녀 같은 표정을 지으며, 성미 급한 사람들 특유의 빠른 말투로, 가끔 듣는 사람이 깜짝 놀랄 만한 말들을 거침없이 쏟아놓는다.

하지만 말이 빠름에도 불구하고 차분한 음성이어서 한마디 한마디가 쓱 마음속으로 들어온다. 어떤 질문을 하더라도 막힘없이 척척 재미있는 대답을 해주니 함께 이야기하고 있으면 무척이나 즐겁다. "수녀님 얼굴을 보기만 해도 기분이 좋아져요"라고 말하는 환자도 있다.

히로코 수녀님과 내 어머니 히로코는 이름이 같아서인지, 항상 둘이서 영문 모를 이야기를 주고받을 만큼 사이도 좋고, 또 내가 알지 못하는 어떤 부분에서도 서로 마음이 통하는 듯했다.

"좀 아까 잠잘 때 천국을 잠깐 보고 왔어요."

어머니가 이렇게 말할 때면 수녀님은 "역시! 진짜 있구나, 천국은!"이라며 꿈꾸는 듯한 표정을 짓는다. 그러고는 가슴 앞으로 양손을 모으고 "아, 멋져요. 이제 곧 하느님을 만날 수 있겠네요"라며 진심으로 부러워한다.

또 어머니가 "배를 타고 가는 듯한 기분이 들어요"라고 하면, 수녀님은 "자기가 좋아하는 걸 타고 가면 되지요"라며 어머니를 격려한다. 어머니가 내 쪽을 슬쩍 보며 "딸아이랑 같이 가고 싶었어요"라고 하면, "그러게요. 입구까지만요. 그 이상은 같이 못 가요"라며 딱 잘라 말한다.

말기암에 걸린 어머니가 인생의 마지막 2주간을 보낸 곳은 나가사키시의 언덕 지대에 위치한 성 프란치스코 병원 호스피스 병동이었다. 박애 정신으로 가득한 이 병원의 4층에 있는 호스피스 병동에서 어머니는 72세에 평온한 여행길을 떠났다. 죽음을 앞두고 많이 괴로웠겠지만 늘 얼굴에 웃음이 가득했다. 곁에서 병간호하던 나도 덩달아 웃음이 많아졌다.

슬픔으로 가득한 이별의 무대라고 생각했던 호스피스 병동에서 나는 예상치 못한 근사한 시간을 보낼 수 있었다. 특히 히로코 수녀님의 존재는 대단히 컸다. 특유의 기발하고 독특한 말들 하나하나가 비로소 나에게 최고의 '선물'이었음을 나중에서야 깨달았다. 히로코 수녀님의 선물은 사랑하는 사람을 떠나보내는 것에 대한 단순하면서도 깊은 여운을 주는 가르침이었다.

차례

1

가족도 제대로 쉬어야 해요

이제 시간이 얼마 남지 않은 어머니가 조용히 지내고 있는 호스피스 병실을 히로코 수녀님은 하루에도 몇 번씩 찾아온다. 당시 수녀님은 호스피스 병동이 있는 성 프란치스코 병원의 간호부장이었다. 실제로는 직위가 높은 분일 테지만, 항상 밝고 상냥하게 웃는 얼굴로 대해주셔서 가까운 이웃이나 자상한 친척처럼 매우 친근하게 느껴진다.

수녀님은 병실 문이 열려있을 때는 살며시 들어오고, 닫혀있을 때는 문을 가볍게 두드리고 들어와 어머니의 안색을 살피며, "오늘은 기분이 어떠세요?" 웃는 얼굴로 물어본다. 어머니가 잠들어 있을 때는 곁에서 병간호하는 나의 건강이나 마음 상태에 신경을 써준다.

"제대로 쉬어야 해요. 간호사도 교대근무를 하잖아요. 커피라도 마시고 오세요. 내가 곁에 있을게요" 하며 때때로 나를 방에서 쫓아내곤 한다.

호스피스 병동은 4층에 있다. 잠깐 쉬고 오라는 수녀님의 말에 나는 순순히 병실을 나와 심호흡을 하며 천천히 1층으로 내려갔다. 작은 매점에서 커피를 사 들고 외래환자들로 붐비는 대합실 한구석에 자리를 잡고 앉았다.

환자들을 바라보면서, 어쩌면 지금 검사 결과를 기다리고 있는 사람이 나보다 더 마음이 가볍지 않을까 하는 생각을 하며 한숨을 내쉰다. 커피를 다 마실 즈음 '아니야, 그것도 괴로운 일이지', 생각을 고쳐먹으며 서둘러 종이컵을 휴지통에 버리고 4층으로 올라갔다.

병실로 돌아오니 간호사들이 분주하게 침대 시트를 가는 작업을 하고 있었다. 나 대신 히로코 수녀님이 일을 돕고 있었다.

간호사들은 능숙하게 손을 놀리며 "아이참, 수녀님은 안 도와주셔도 된다니까요. 저리 가계셔요"라며 시트를 채어간다. 이에 굴하지 않고 또다시 슬쩍 손을 뻗으려던 수녀님에게 "또, 또, 이러신다, 저희가 한다니까요", 곧바로 핀잔이 쏟아진다. 그 모습이 콩트처럼 재미있어서 웃고 있자니 수녀님은 "난 쓸모가 없나 봐요"라며 풀이 죽는다.

"수녀님이 할 일은 환자분들이랑 재미나게 수다도 피우시고 환자분들 이야기를 들어주시는 거잖아요." 이렇게 간호사들이 말하면 "아하, 그런가? 그렇네요" 하며 금방 수녀님 얼굴에 미소가 번진다. 그러고는 어머니와 잠시 이런저런 얘기를 나누고 옆 병실로 총총히 걸음을 옮긴다.

어느 날인가, 마침 식사 시간에 수녀님과 마주친 적이 있었다. 배식 작업을 도우려던 수녀님에게 "수녀님은 그릇 깨뜨려서 안 돼요"라고 담당자가 만류하자, 수녀님은 "내가 덜렁댄다고 아무것도 못 하게 한다니까요"라며 눈가에 손을 대고 우는 시늉을 했다.

내가 어두운 얼굴로 복도를 걷고 있을 때 수녀님이 다가와 "잠깐 쉬어요. 휴식이 중요해요"라며 가볍게 등을 톡톡 두드려 주면 경직되어 있는 근육이 풀리는 것 같다. 간호사들도 오늘은 날씨가 좋다면서, 바깥 공기라도 쐬고 오라고 웃으며 말한다. 병원 뒤뜰을 한 바퀴 돌며 정원의 나무들 사이에 감돌기 시작한 가을 기운에 젖어본다.

성당 스테인드글라스에서

반짝반짝 쏟아지는 빛이 아름다웠어.

2

장례식 때
입을 옷을
정해놓으세요

"있잖니, 나는 장례식 때 예쁜 흰 드레스를 입고 싶구나."*

이제 거의 눈도 뜨지 못하고 말도 못 하게 된 어머니가 그렇게 얘기한 것은 수녀님에게서 "히로코 씨, 장례식 때 입을 옷을 정했나요?"라는 질문을 받았을 때였다.

"장례식 때 입을 옷을 미리 정해두지 않으면 맘에 들지 않는 옷을 입게 될지 몰라요."

수녀님은 어머니가 장례식 날, 원하지 않는 옷을 입게 될까 봐 걱정했다. 그건 마치 며칠 후에 있을 발표회에서 연주자가 입을 의상에 대해 매니저가 염려하는 것처럼 지극히 당연한 일이라는 말투였다. 하지만 어머니의 장례복에 대해서는 아직 생각하고 싶지 않은 괴로운 일이었기 때문에 나

* 일본에는 전통적인 수의가 있으나 자신이 입을 옷을 생전에 정하기도 한다.

로서는 조금 당황할 수밖에 없었다.

호스피스 병동에서는 죽음에 관한 이야기가 금기가 아닐 뿐더러 오히려 어떻게 죽을지를 생각하는 곳이긴 하지만 수녀님의 현실적인 말에, 얇은 베일 아래 가려져 있던 사실, 이제 곧 어머니가 죽는다는 사실이 불쑥 눈앞에 모습을 드러낸 것 같은 느낌이 들어 가슴이 철렁했다.

하지만 수녀님과 어머니는 무척이나 즐거운 듯이 얘기를 주고받고 있었다. 그 모습을 보면서, 본인 장례식에서 입을 옷을 자기 의지로 정할 수 있다는 건 어떤 의미에서는 행복한 일인지도 모르겠다는 생각이 들었다.

어머니가 작은 목소리로 흰 드레스가 입고 싶다고 한 말을 들은 수녀님은 "거봐요, 들었죠? 흰 드레스예요. 내일 사러 가야겠네"라고 기세 좋게 말했다. 나도 덩달아 "네! 알겠습니다!" 하고 경망스러울 정도로 밝은 목소리로 대답했다.

수녀님이 하는 말에 때때로 깜짝깜짝 놀라는 것은 어머니의 죽음에 대한 나의 마음가짐이 아직 어정쩡하기 때문일지도 모른다. 어머니가 세상을 떠난다는 것은 의학적으로나 현실적으로 부인할 수 없는 사실임을 머리로는 알고 있으면서도, 마음속 어딘가에서는 기적이 일어나 이대로 죽어머니와 영원히 함께 있을 수 있지 않을까 싶기도 한 것이다. 그건 마치 삐걱거리는 연애가 끝나갈 즈음처럼, 이별이 반드시 찾아올 줄 알면서도 지금은 아직 슬픈 결단을 내리고 싶지 않기에 결론을 미루고 있는 것과 같다.

나는 어머니가 세상을 떠날 날이 온다는 사실을 잊고 싶었다. 죽음이라는 이별의 순간을 두려워하면서도, 한편으로는 호스피스 병실에 들어온 시점부터 이미 이별을 받아들인 것이라는 모순된 생각을 동시에 품으며 지금은 한순간도 어머니 곁을 떠나고 싶지 않았다.

그러나 나는 다음 날 아침 백화점에 가기로 마음을 먹었다. 병실에 온 간호사에게 "잠깐 뭐 좀 사러 다녀올게요"라고 하자 그녀는 되도록 서둘러 다녀오라고 작은 목소리로 말했다. 그렇다, 난 이미 알고 있다, 이제 시간이 별로 없다는 것을. 드레스를 사러 가는 것을 더는 미룰 수 없다.

잠든 어머니에게 흰 드레스를 사 오겠다고 귓속말로 속삭이고 외출 준비를 하고 있을 때, 갑자기 어머니가 눈을 뜨더니 "아, 착각했다. 연보라색 드레스였어" 한다. 당신 장례식 꿈을 꾸었는데, 연보라색 드레스였단다. 그러고는 "성당 스테인드글라스에서 반짝반짝 쏟아지는 빛이 아름다웠어"라며 황홀한 표정을 짓는다.

"응, 알겠어요, 엄마. 연보라색 드레스로 사 올게요."

희미하게 웃는 어머니를 보고 나는 급히 병실을 나갔다. 1층으로 내려와 외래환자들로 붐비는 로비를 빠져나와 병원 현관에서 이제 막 승객을 내려준 택시에 올라탔다. 택시가 빙그르르 회전하는 로터리 중앙에는 아시시의 성 프란치스코와 늑대의 흰 조각상이 있다. 동물과도 대화할 수 있었다는 성인께 마음속으로 '다녀오겠습니다' 인사하고는, 오랜만에 인간 세상으로 내려가는 기분으로 시내를 향해 출발했다.

사발 같은 모양의 도시 나가사키의 야트막한 언덕 중턱에 위치한 병원에서 상점가까지 평소에는 자동차로 10분 정도면 도착할 텐데 마음이 급할 때는 꼭 길이 막힌다. 20분쯤 걸려 드디어 도착했다. 시내에 하나뿐인 작은 백화점으로 바삐 발길을 옮겼다. 연회복 매장은 6층 구석에 있었는데 먼발치에서 보니 드레스는 단 세 벌뿐이었다. 나는 망설이지 않고 다가갔다. 거기 있는 세 벌 중에 연보라색 드레스가 있었다.

"저기요, 이거 주세요."

점원이 깜짝 놀라며, "네? 입어보시지 않고요?"라고 물었다.

"괜찮아요, 이거면 돼요. 이거 주세요."

나의 말에 그녀는 점점 더 당혹스러운 얼굴이 되었다.

그 모습을 보고 나는 황급히 둘러댔다.

"아, 그러니까, 엄마가 입을 거예요."

"아하, 발표회 같은 걸 하시나 봐요." 점원이 말한다.

"실은, 그게, 엄마가 본인 장례식에서 입겠다고…."

말끝을 흐리는 나를 보고 점원은 말문이 막혔는지 말을 잇지 못했다.

깜짝 놀란 그녀의 얼굴을 보며 나는 반성했다. 어머니가 떠날 날을 향해 흐르는 내 안의 시간과, 죽음과 상관없이 일상을 살아가는 사람의 시간은 180도 다른 속도로 흐를 것이다. 그런데 화려한 백화점의 드레스 매장에서 자초지종도 없이 대뜸 '죽음'이 연상되는 말을 뱉었으니 누구라도 아연실색할 것이다.

정신을 추스른 점원은 나에게라기보다 자기 자신에게 말하듯이, "어머님께서 당신 장례식에 이 드레스를 입으신다는 말씀이시죠?"라고 천천히 말했다.

나도 숨을 고르듯이 느린 말투로 "네, 맞아요. 엄마가 장례식에서 연보라색 드레스를 입겠다고 하시네요"라고 답했다.

그러자 갑자기 그녀가 울음을 터뜨리며 "죄송합니다. 좀 놀랐어요. 손님처럼 드레스를 고르시는 분은 처음이라서요"라고 말했다. 그러고는 서두르는 듯한 내 모습이 예사롭지 않다는 것을 눈치챘는지 "급하신 거죠?"라며 재빨리 움직이기 시작했다.

점원은 민첩하게 매장 안쪽에서 큼직한 상자를 가지고 나왔다. 그리고 어머니의 연보라색 드레스를 하늘하늘한 얇은 흰색 종이로 정성스럽게 감싸더니 감탄이 절로 나올 만큼 근사한 선물로 만들어 주었다.

"감사합니다." 아름다운 포장에 감동하고 있는 나에게 잠깐만 기다려 달라며 안쪽으로 사라진 그녀는 잠시 후에

"이건, 제 작은 선물이에요. 어머님께 전해주세요"라며 드레스에 어울리는 코르사주를 가져왔다.

"어머, 그럴 수는 없죠. 계산할게요." 몸 둘 바를 몰라 하는 내게 "아니에요, 이건 제 작은 성의예요"라며 드레스 값만 받았다. 그녀도 소중한 사람을 먼저 보낸 경험이 있는 걸까, 그 마음 씀씀이가 고마웠다.

그러고 나서 그동안 마음에 담아두었던 아버지의 당부대로, 그 길로 바로 옆 상복 매장에서 내가 입을 상복을 샀다. 내가 사는 가마쿠라에서 어머니 곁으로 달려올 때 상복을 가방에 넣을까 말까 잠시 고민하다가, 검은색 옷을 보고 싶지 않아서 넣지 않았다. 비행기에 탈 때 이미 어머니의 죽음을 피할 수 없다는 걸 알고 있었고, 어머니가 호스피스 병실에 입원하고 나서는 아버지에게서 몇 번이나 상복을 준비해 두라는 말을 들었음에도 계속 미루고 있던 터였다.

드레스와 상복을 양손에 나눠 들고 서둘러 백화점을 나와 택시를 타고 호스피스 병동으로 돌아왔다. 성 프란치스코 조각상을 향해 다녀왔다는 인사를 건네고, 딱 1분만 있을 생각으로 병원 정문 왼쪽에 있는 성당으로 들어갔다.

푸른색 베일을 쓰고 계신 성모상이 맞아주시는 성당의 스테인드글라스는 오후의 빛을 받아 황홀하게 빛나고 있었다. 이 스테인드글라스는 오후뿐만 아니라 오전에도 마음이 차분해지는 색채를 발한다. 때때로 성당에서 마주치는 히로코 수녀님의 모습이 지금은 눈에 띄지 않았다.

병실로 돌아오자 마침 간호사가 어머니의 얼굴을 깨끗하게 닦아주고 있었다.

"엄마, 옷 사 왔어요!"

상자 뚜껑을 열고 바스락바스락 포장지를 펼쳐 드레스를 꺼내 보여주자, 뒤를 돌아본 간호사가 "어머, 예쁘네요. 사이즈도 딱 맞겠네요" 한다. 그제야 나는 사이즈도 확인하지 않고 사 왔다는 걸 깨달았다.

이제 거의 눈을 뜨지 못하는 어머니가 한껏 들뜬 내 목소리에 잠시 눈을 뜨고 드레스를 바라보고는 엷게 웃으며 다시 눈을 감았다.

"스타킹은 사 오셨죠?" 간호사의 말에 "아차, 까먹었어요." 힘없이 말하는 나를 보고 간호사는 편의점에서 사면 된다고 부드럽게 알려주었다. 나는 바로 병원 건너편에 있는 편의점에 가서 어머니를 위해 꽤 고급스러운 스타킹과 내가 신을 일반 검은색 스타킹을 샀다. 또 깜박 잊고 못 산 건 없을까?

잠시 후 내가 드레스를 사 왔다는 소식을 들은 히로코 수녀님이 병실을 찾아와 감탄하며 말했다.

"와, 연한 보라색 정말 멋지네요. 보라색 드레스를 입으시겠다는 얘기를 들었을 땐 좀 슬픈 색이 아닐까 걱정했는데, 이 드레스는 전혀 그렇지 않네요."

그러고 나서는 간호사들이 하나둘씩 찾아와서 드레스를 보여달라고 조르는 통에 나는 아예 어머니뿐만 아니라 누구든지 언제라도 와서 볼 수 있도록 사물함 옆쪽에 자랑스럽게 걸어두었다. 아름다운 드레스가 걸려있는 병실은 마치 화촉을 밝힐 때까지 기다리는 신부 대기실처럼 보였다.

기적이 일어나 이대로 죽 어머니와

영원히 함께 있고 싶은 마음이 간절했다.

3

온화하게
조용하게
정성스럽게

호스피스 병동은 치료를 목적으로 하는 곳이 아니기에 간호사들은 하루에도 몇 번씩 병실을 찾아와서 어머니의 몸을 닦아주거나 혈압을 재고 링거에 진통제를 투여한다. 그리고 같이 한담을 나누기도 하고 어머니와 내 이야기를 들어주기도 한다.

여의사 두 선생님도 의학을 갈고 닦은 의료 전문가의 입장에서, 조심스럽고 온화한 어조로 어머니의 고통에 공감해 준다. 히로코 수녀님은 사무 업무를 신속히 끝낸 후 일반 병동과 호스피스 병동을 순회하며 입원환자의 이야기를 듣고, 병간호하는 가족과도 상담을 나누면서 의사, 간호사와는 또 다른 입장에서 친밀한 관계를 쌓아간다.

성 프란치스코 병원 1층 정문 옆의 작은 성당, 그리고 그 옆의 접수처와 로비에서는 히로코 수녀님 말고 다른 수녀님들의 모습도 볼 수 있지만, 4층 호스피스 병동을 왕래하는 사람은 거의 히로코 수녀님뿐이다. 수녀님은 무척 체구가 작아서인지, 조용히 쓱 미끄러지듯 걸어 다녀서인지, 언제 왔는지도 모르게 곁에 와있어 늘 사람을 놀라게 한다.

수녀님뿐만 아니라 이곳의 모든 직원은 예전부터 알고 지낸 사람들처럼 친근하고 따뜻하다. 하루 세 번, 어머니의 식사를 운반해 주는 배식 담당자도, 환자와 함께 병실에서 묵고 있는 가족이 자신들의 식사를 준비할 수 있도록 마련된 주방을 청소해 주는 분도, 매일 번갈아 가며 휴게실에 찾아와 이야기 상대가 되어주는 자원봉사자들도 모두 죽음을 앞둔 사람과 그 가족들에게 온화한 모습으로 대해주고 있어 호스피스 병동은 항상 포근한 공기에 둘러싸여 있다. 가족이나 친지가 없는 환자들에게는 분명 직원들이 가족과 같은 존재로서 마음이 든든할 것이다.

아무리 그래도 밤이 되면 다시 두려움이 찾아들기도 한다. 나는 잠들어 있는 어머니의 침대 옆 소파 베드에서 눈을 감고 숨을 죽인 채로, 복도를 조용히 지나다니는 야간 근무 간호사들의 기척이나, 나처럼 병실에서 밤을 보내는 가족의 불안을 느끼며 어서 날이 새기를 기다린다. 때때로 누군가가 세상을 떠났음을 느낄 때도 있다.

아침이 오고 야간 근무 간호사들이 "모레 또 올게요"라고 인사하고, 잠시 후에 오전 근무 간호사들이 "잘 주무셨어요?" 하고 인사한다. 교대 작업을 보고 있노라면 또 하루가 무사히 시작되었구나 하는 안도감이 몰려든다.

"저희는요, 손끝에 무척 신경을 쓴답니다." 간호팀장이 말했다. 문을 여닫을 때, 환자의 신체에 손이 닿을 때, 식사를 환자 앞에 놓을 때, 혈압을 잴 때…. 손의 움직임에 신경을 쓴다는 건 동작 하나하나에 마음을 담는다는 것이다. 그런 동작이 하나하나 쌓여서 호스피스 병동을 감싸고 있는 자상함의 원천이 되었으리라 생각한다.

햇살이 따사로웠던 11월 13일, 내가 드레스를 사러 다녀온 날 저녁 무렵, 어머니는 하혈한 후 의식을 잃었다. 아버지와 여동생도 한달음에 달려와 어머니를 지켜보고 있었다. 세 사람 모두 어찌할 바를 모른 채 어머니의 침대를 둘러싸고 엉거주춤 서있었다. 결국, 이 순간이 와버렸구나. 숨을 죽이고 어머니의 미약한 호흡에 귀를 기울이고 있는데, 어느

새 병실에 들어와 있는 히로코 수녀님이 나를 병실 구석으로 부르더니 이렇게 말했다.

"지금 상태를 봐서는 어머니가 자정을 못 넘기실 것 같아요. 미키 씨는 지금 좀 쉬는 게 좋겠어요. 돌아가신 후에는 더 정신이 없어질 테니까요."

나는 수녀님의 말을 듣고 간호사를 따라 병실을 나왔다. 병동의 가장 안쪽 다다미방에 간호사가 이부자리를 펴주며 "어머님 호흡이 변하면 깨우러 올게요"라고 말하고는 전등을 가만히 껐다. 어느덧 밤이 되었다. 간호사는 내가 자리에 눕는 것을 보고서야 조용히 방을 나갔다.

4

어머니의 아름다운 마지막 얼굴

'죽음의 꽃을 피운다'라는 말은 본래는 훌륭한 죽음으로 사후에 명예를 남긴다는 의미지만, 이 지역에서는 꽃이 핀 것처럼 아름다운 사후의 얼굴을 가리켜 죽음의 꽃이 멋지게 피었다고 표현한다.

한밤중에 어머니는 우리 곁을 떠났다. 얼마 지나지 않아 어머니의 얼굴은 환해지고 기미도 주름도 사라져 투명하리만치 아름다웠다. '장례 화장化粧'*을 해드릴 생각으로 각종 화장품을 빠짐없이 준비해 온 여동생이 "언니, 엄마, 파운데이션 바르지 않아도 되겠네" 했다.

이제 막 세상을 떠난 어머니와 남은 우리 세 식구는 병실에서 고요하게 죽음의 여운 속에 남겨져 있었다. 우리는 우

* 일본에서는 고인에 대한 경의로 장례 화장을 하는 것이 일반적이다.

는 것조차 잊은 채 점점 더 환히 빛나는 어머니의 마지막 얼굴을 바라보고 있었다.

잠시 후, 우리를 위해 자리를 비워주었던 간호사들이 돌아와 어머니의 시신을 닦아드려야 하니 병실 밖으로 나가 있어 달라고 했다. 아버지는 바깥 공기를 쐬고 싶다며 어디론가 가고 여동생과 나는 문 앞에서 기다리고 있었다. 얼마 안 있어 간호사가 병실 문을 열어주었다. 천천히 안으로 들어간 우리는 연보라색 드레스를 입은 어머니의 모습이 너무나 아름다워 깜짝 놀랐다. 죽음의 꽃이 피었다는 말이 딱 어울렸다.

간호사가 작은 목소리로 화장품을 갖고 왔느냐고 묻는 말에 여동생이 고개를 끄덕이자 "그럼, 저희는 이만 물러갈게요"라며 방을 나갔다.

화장품이 든 파우치를 열고 여동생은 어머니의 얼굴에 마지막 화장을 하기 시작했다. 어머니의 손톱 하나하나에 연한 분홍색 매니큐어를 정성껏 다 바르고 나자 이번에는 아름다운 장밋빛 립스틱을 살짝 입술에 바른다. 그건 마치 멋 부리기를 무척 좋아했던 어머니와 여동생이 마지막 대화를 나누고 있는 듯 매우 멋진 모습이었다.

언제나처럼 어느새 방에 들어와 있던 히로코 수녀님이 "와, 히로코 씨 예쁘네요. 히로코라는 이름을 가진 사람은 전부 예쁘거든요." 그러곤 말을 이었다. "누구나 세상을 떠날 때는 가장 찬란하게 빛났을 때의 모습을 보여준답니다. 여러분에 대한 감사의 표시지요."

수녀님은 어머니의 볼에 살짝 손을 대더니 "히로코 씨, 정말 잘됐네요. 따님들이 이렇게 예쁘게 해주다니"라고 속삭이듯 말했다. 어머니는 가만히 미소를 짓고 있는 것처럼 보였다. 또다시 우리가 모르는 곳에서 수녀님과 서로 마음을 나누고 있는 듯했다. 그러고 나서 수녀님은 우리 자매의 얼굴을 사랑스럽다는 듯이 바라보면서, "모녀지간에 즐거워 보이네요. 천천히 시간 보내세요" 하고는 조용히 방을 나갔다.

얼마나 시간이 흘렀을까? 바깥은 아직 어둠이 드리워져 있고 아침이 올 때까지는 시간이 좀 남아있다. 병실 안에 있는 우리는 이 순간 진정으로 행복했다. 어머니는 이미 우리 곁을 떠났지만 여동생과 나, 엄마 이렇게 셋이서 함께 보내고 있는 이 순간이 영원히 이어질 것만 같은 느낌이 들었다.

장례 절차와 용무를 마치고 병실로 돌아온 아버지가 어머니의 모습을 보더니 할 말을 잃었다. 마치 처음 만났을 때의 모습 같다며 놀라워했다. 아버지는 눈이 부신 듯 어머니를 바라보고 있었다.

아침 일찍 장의사가 오기 전까지 우리는 병실을 정리하고, 어머니의 머리카락을 매만지면서 억지로 잠을 청해보기도 하는 등 안절부절못하고 있었다. 날이 밝자 오전 근무 간호사들이 차례로 병실에 찾아와 어머니를 보고는 아름답다고 한마디씩 했다. 사진 찍어도 되냐고 묻는 사람도 있었다.

우리는 어머니의 아름다운 마지막 얼굴이 자랑스러워서 모두에게 보여주고 싶은 심정이었다. 어머니를 보기 위해 사람들이 몰려와 북적거리는 병실은 마치 유명인의 사인회라도 열린 듯한 흥분과 열기로 가득 찼고, 어머니가 당장이라도 벌떡 일어나서 미소를 지을 것만 같았다. 그 모습은 살아있는 사람보다 훨씬 더 성스러웠다. 그러나 청중을 향해 우아하게 손을 내밀어 주는 일은 없었다.

5

어머니는 천국의 언어를 읽는 거예요

호스피스 병동에 들어가기 전, 집에서 임종을 맞고 싶다고 했던 어머니가 빨리 좀 와달라며 한 달 전쯤 내게 전화를 걸었다. 아버지 눈을 피해 걸었다는 어머니 말에 충격을 받은 나는 가마쿠라에서 나가사키로 가방 하나 달랑 들고, 입고 있던 옷 그대로 비행기를 타고 날아왔다.

내가 거주 중인 가마쿠라의 집으로 어머니가 전화를 걸어온 시간은 낮 12시경, 본가에 도착한 시간은 오후 6시였다. 숨이 턱까지 차서 현관문을 열자 때마침 방문한 의사와 아버지가 어머니의 요양원 입소를 위한 상담을 하고 있었다.

나는 아버지와 의사를 옆으로 제치듯이 성큼성큼 어머니 방으로 들어가서 링거의 튜브에 연결된 어머니와 눈을 마주쳤다. 지난달 만났을 때보다 몰라보게 비쩍 마른 데다가 떼꾼하게 큰 눈만이 산 자의 빛을 희미하게 발하고 있었다. 어머니는 침대에 누운 채로 나를 보고 가냘픈 미소를 지으며 눈시울을 붉혔다.

나는 울고 싶은 심정을 억누르고, 이렇게 갑자기 무슨 일이냐며 화를 내는 아버지에게 원망이 가득 담긴 시선을 옮겼다. 잠시 이야기 좀 나눌 수 있느냐는 의사의 말에 꼭 무슨 드라마 같다고 생각하며 밖으로 나갔다.

"음, 솔직히 말씀드리겠습니다. 어머님은 앞으로 2주에서 한 달 정도로 보시면 될 것 같습니다. 저는 따님께서 오신다는 것을 몰랐기 때문에 아버님의 요청으로 어머님을 제가 있는 곳의 요양원에 모실 준비를 하고 있었습니다. 하지만 따님이 돌아오셔서 얼마 동안 댁에 계실 수 있다면 가능한 한 마지막까지 댁에서 병간호하시는 게 가장 좋을 것으로 생각합니다. 하지만 아버님의 의향도 있으니 가족 간에 상의해 보시면 좋겠습니다. 저희 쪽 요양원은 언제든 입소 가능하니까요."

담담하게 말하는 의사에게 어떻게 갑자기 이런 상태가 된 건지 물었다. 말기암이라고는 해도 나는 내심 어머니가 앞으로 1년 정도는 살 수 있을 거라 생각하고 있었다.

"갑자기 상태가 악화한 데는 심신 양면에 이유가 있습니다. 어머님의 경우, 간에 있는 몇 개의 종양 중에서 한 개라도 파열하면 그때는 시간문제가 됩니다만, 제 견해로는 신체의 문제가 아닌 것 같은 느낌이 듭니다. 심리적으로 침체한 것이죠. 이제 사는 데 지쳤다고 할까요? 그래서 조금이라도 상태가 좋아지도록 항우울제를 드렸는데 딱 그것만 안 드시고 남겨놓으시더라고요. 그런 상황이라 이제는 따님이 돌아오셨으니 어느 정도로 마음이 회복되실지가 관건입니다. 저희로서도 전력을 다하고 있습니다만, 따님께서도 힘을 보태주셔야 합니다. 그리고 또 한 가지, 요양원 입소에 관해서 아버님을 책망하지 마시길 바랍니다. 노인이 노인을 병간호하는 상황에서는 당연한 일이니까요."

의사는 빠른 말투로 그렇게 이야기하고는 다음 환자가 기다리고 있다며 서둘러 집을 떠났다.

집 안으로 들어오니 아버지는 심기가 불편한 얼굴로 "선생님이 뭐라고 하시던? 왜 너하고만 말씀하신 거냐?"라며 화를 풀지 못했다. 중얼중얼 불평을 늘어놓는 아버지를 무시하며 나는 어머니 방에서 짐을 풀었다.

어머니는 내 모습을 침대에서 가만히 바라보고 있었다. 지난달에도 며칠 동안 본가에 와있었다. 현관까지 나와서 떠나는 나를 배웅하던 어머니는 "설에나 보겠구나"라고 했었는데 아직 가을도 되기 전에 다시는 자리에서 일어나지 못하는 사람이 되어버렸다.

3주 만에 만난 어머니는 목소리도 겨우 나올까 말까, 얼굴에는 표정이 사라지고 의식도 몽롱한 상태가 되어버린 것이다. 이런 상황에서 어떻게 나한테 전화를 건 걸까 생각하니 가슴이 메어와 어찌할 바를 몰랐다. 어머니 곁에서 울며 밤을 지새우다가 어느새 잠이 들어버린 나 자신의 모습에 슬퍼졌다.

아침에 일어나 아무 일 없었다는 듯이 식사를 하는 아버지가 보기 싫었다. 10시에 방문한 간호사가 링거를 빼주었지만, 어머니는 침상에서 일어나려고 하지 않았다.

낮이 좀 지나서 어머니 일로 아버지와 말다툼을 했다. 할 말 못 할 말 마구 퍼붓는 아버지를 간신히 설득해 집 밖으로 나와 어머니가 듣지 못하게 작은 목소리로 서로를 비난

하기 시작했다. 어머니는 분명히 집에 있고 싶을 거라고 말하는 내게 아버지는 “네가 돌아왔다 한들 할 수 있는 건 하나도 없다”, “이미 집에서 돌볼 상태가 아니니 마음을 독하게 먹고 네 엄마를 어딘가에 맡길 수밖에 없다”라며 반대했다.

어머니가 건강했을 때, 만약 마지막에 어딘가 들어가야 한다면 병원이나 요양 시설이 아닌 호스피스가 좋다고 말하곤 했다. 그러나 시내에 있는 몇 군데 호스피스는 모두 한 달 이상 기다려야 한다고 아버지가 말했다. 그렇다면 어머니는 집에서 임종을 맞이하고 싶은 마음이었으나, 아버지나 내게 폐를 끼치는 것이 싫어서 아버지의 말에 따르겠다고 한 것이리라.

하지만 어머니는 내게 빨리 좀 와달라며 전화를 걸어왔다. 어머니의 본심은 집에 있고 싶은 것이라며 아버지에게 반박하고 싶었다. 그러나 어머니는 몸져누워 있고, 지금까지 어머니 병간호와 집안일을 전부 아버지가 해왔으니 나는 마지못해 아버지의 뜻에 따라, 어제저녁에 마주쳤던 의사가 경영하고 있는 요양원에 가보기로 했다.

요양원에 가서 보니, 점심 먹을 시간도 없을 만큼 바빠 보이는 의사가 동분서주하고 있고, 친절해 보이는 요양보호사가 밥을 먹여주고 있는 입소자들의 모습이 어딘가 텅 빈 껍데기처럼 보였다. 게다가 어느 방에서인지 엄청 크게 흘러나오는 텔레비전 소리에 나는 할 말을 잃어버렸다. 분명 나보다 섬세한 마음의 소유자인 어머니는 견뎌내지 못하리라. 조금 전까지는 마음이 정리되지 않았지만 지금 결심이 섰다. 내가 집에서 병간호하며 어머니의 임종을 지키겠다는 결심이.

걱정해 준 의사에게 나의 의향을 전하자, 그는 "그러시군요. 잘됐습니다. 정말 잘됐어요. 앞으로 따님의 인생을 위해서도 그렇게 하는 게 좋다고 생각합니다. 지금은 어머님께서 아무것도 안 드시지만 분명 따님이 만들어 주는 건 드실 거예요. 마지막으로 가족분들끼리 즐거운 시간을 보내세요. 아버님을 위해서도 어머님이 웃음을 되찾으시면 좋겠습니다. 저희로서도 따님이 돌아와 계시니 일을 수월하게 할 수 있겠네요. 이제부터는 객관적으로 상황을 볼 수 있는 제삼자가 필요합니다. 쉽진 않겠지만 함께 힘냅시다. 심장약과

항우울제만은 꼭 드시게 해주세요"라고 당부했다.

요양원에서 돌아오는 길에 후쿠오카에 사는 여동생에게 전화를 걸었다. 내가 나가사키에 돌아왔다는 것, 어머니의 남은 날이 많지 않다는 것, 아버지가 지칠 대로 지쳐서 신경이 날카로워졌다는 것 등을 전했다. 혼자서 아이를 키우며 일을 하는 여동생은 깜짝 놀라며 주말에 오겠다고 했다.

집으로 돌아오는 길에 아버지의 차를 운전하며, 과연 나 자신이 이 상황을 객관적으로 바라볼 수 있는 제삼자가 될 수 있을지 생각했다. 지금 이 순간, 내게는 후회의 마음뿐이다. 지난달 본가에 왔었을 때 어머니뿐만 아니라 아버지의 상태에 대해서도 어렴풋이 느끼는 게 없진 않았다. 그런데도 나는, 나에게도 내 생활이 있으니 계속 여기에 있을 수 없다며, 누군가를 향해 변명하는 것처럼 그렇게 도망치듯 가마쿠라로 돌아갔다.

지금 그게 몹시 후회되어 견딜 수가 없다. 내게도 생활이 있다 한들, 내게는 돌봐야 할 가족이 있는 것도 아니고 꼭 나가야 할 직장이 있는 것도 아니다. 프리랜서로 그림을 그리거나 글을 쓰는 사람이니 눈앞의 현실을 제대로 받아들여 딱 마음을 먹고 더 일찍 어머니가 계신 곳으로 돌아왔어야 했다.

어머니한테서 전화를 받았을 때 마침 어린아이를 데리고 집에 놀러와 있던, 나에게 딸뻘 되는 친구가 세탁기에 그대로 들어있는 빨래와 음식물 쓰레기가 쌓여있는 내 방을 둘러보며 말했다. "제가 정리해 둘 테니까 얼른 어머님께 가보세요."

나는 고맙다는 말을 하고는 여벌 열쇠를 건네고 집을 나섰다. 가정을 꾸리지 않은 내게 그녀는 가족처럼 여겨졌다.

10월 초의 나가사키는 아직 여름의 끝자락처럼 더웠다. 아버지가 혼자서 갖은 애를 쓰며 어머니를 돌봐온 방은 열기로 푹푹 쪘고, 시간을 멈추고 싶은 아버지의 바람이 집안 구석구석 여러 모양으로 드러나 있었다.

어질러져 있는 집에서 아버지는 묵묵히 집안일을 감당하고 있었다. 그러나 일을 하면서 이 현실의 고통을 잊으려 해서인지, 딸가닥딸가닥 큰 소리를 내며 설거지를 하기도 하고, 빨래를 널 때도 평소보다 세게 수건을 팡팡 두드린다. 병 때문에 한층 더 신경이 예민해져 있는 어머니에겐 그것이 굉장히 거슬리는 일이었다. 나는 어머니의 침대 옆에 누워서, 살아있다는 것은 소리가 나는 것, 죽는다는 것은 소리가 멎는 것인가 하는 생각을 했다. 그렇다고 아버지에게 집안일을 못 하게 하면 도리어 곤란한 일이 생기겠지 생각하며 어느새 잠이 들어버렸다.

본가로 돌아온 지 사흘째, 어머니는 내내 자고 있거나 침대에서 흘러내리듯 빠져나와 침대 가장자리에 멍하니 앉아 있을 뿐이다. 수개월 전부터 아버지가 도시락 업체에 의뢰하여 매일 저녁 배달되는 환자용 도시락도 거의 입에 대지 않는다. 아버지의 도시락은 환자용이 아닌 일반식인데도 조림 요리 몇 개뿐, 단출하다.

어머니는 내가 먹을 게 없을까 걱정했다. 나는 어머니가 입도 대지 않은 도시락을 먹는다. 아버지가 하나도 남김없이 드시는 것을 보며, 어떻게 저렇게 식욕이 있을까 생각하면서도, 배달 음식에 아무 불만도 없는 아버지가 조금 안쓰럽기도 했다.

어머니는 기어들어 가는 목소리로 말했다.

"이렇게 괴로운데 왜 죽게 놔두지 않는 걸까? 링거 그만

맞으면 죽을 수 있는 거 아니니? 그렇다고 아픈 건 싫고…."

어머니는 진통제를 넣은 수액을, 살기 위해 링거를 맞고 있는 것으로 생각하는 것 같다.

"저기, 엄마. 엄마가 괴로운 건 '부정형 신체 증후군'*이 원인이래요. 갱년기에 겪는 그거. 나도 그렇고 내 친구들도 다 겪고 있어요. 그러니까 이 약, 웃게 해주는 이 약이 잘 듣는대요."

나는 어머니에게 항우울제를 보여주면서 말했다.

"부정형 신체 증후군이라…. 들어본 적 있어. 난 갱년기 때도 그런 거 없었는데 이제 와서 찾아온 건가?"

어머니는 그날부터 항우울제를 복용하기 시작했다.

나흘째 되는 날, 어머니가 복숭아를 먹고 싶다고 했다. 철 지난 복숭아를 찾으러 여기저기 마트를 돌아다니다가 백화점까지 가봤지만 눈에 띄지 않았다. 거의 체념을 하고 돌아가려는데 작은 청과물 가게에서 복숭아를 발견하고 안도의

*
뚜렷한 원인 없이 병적 증상을 호소하는 것으로 머리가 무겁고, 초조감, 피로감, 불면 등의 자각증상이 있다.

숨을 내쉬었다. 이걸 드시고 어머니가 나았으면 좋겠다는 생각을 해본다. 하지만 그건 민화 속의 이야기일 뿐이다.

얇게 썬 복숭아를 입에 가져간 어머니는 "안 되겠다. 역시 못 먹겠어" 하고는 미안해하며 도로 내려놓는다. 그 모습을 보며, 어머니가 복용해야 하는 산더미 같은 약 중에서 "이거랑 이거만 드시면 된대요"라고 말했더니 아이처럼 기뻐했다.

닷새째 되는 날 아침, 흰죽은 좀 먹을 수 있을 것 같다는 어머니의 말에 얼른 죽을 쑤어 드렸더니 "어머, 먹을 수 있어"라며 맛있게 드셨다. 저녁쯤에는 "두부도 먹을 수 있을지 모르겠어" 한다. 두부랑 당근, 무, 감자, 배추, 파 등을 흐물흐물해질 정도로 푹 끓여서 냄비째 그대로 식탁에 올려놓았다. 어머니는 아주 천천히 채소 하나하나를 맛보며 연신 맛있다고 좋아했다. 그날 밤 어머니는 정말 맛있었다고 몇 번이나 말하다가 잠이 들었다.

엿새째 되는 날 아침, 가마쿠라의 친구에게 부탁했던, 어머니가 매우 좋아하는 가마쿠라의 화과자가 도착했다. 어머니는 "이건 정말로 고급스러운 맛이구나. 맛있어. 씹지 않아도 되고 말이야" 하며 달콤한 라쿠간*을 입에 물고 천천히 녹여 먹으며 행복한 미소를 짓는다.

오후에는 어머니의 동네 친구분이 토란 조림을 갖고 왔다. 어머니를 못 보고 그냥 가면서 "어머님 잘 돌봐드려. 미키가 돌아와서 정말 잘됐어. 마지막까지 힘내"라고 말하며 눈시울을 붉히자 나도 같이 눈물이 나왔다. 저녁 식사 때 어머니는 "맛있어, 정말 맛있어. 그이는 토란 조림을 정말 잘 한다니까" 하면서 흐뭇해하며 두 개나 드셨다.

밤늦게 도쿄에 사는 친구에게서 소포가 도착했다. 작년에 돌아가신 친구의 아버님이 자주 드셨다는 자라탕 통조림과 함께 이제 곧 쌀쌀해질 테니 나 입으라며 챙겨 넣어준 긴소매 옷까지 들어있었다. 그것을 본 어머니는 "가족 복 없는 사람이 친구 복은 있다더니 정말 그렇구나" 한다.

내가 만든 요리마다 맛있다며 드시는 어머니는 이제야 겨우 세 끼 식사를 모두 하게 되었다. 먹는 양은 아주 적긴

* 녹말가루에 물엿과 설탕을 섞은 후 여러 색을 입힌 다음 틀에 넣고 건조한 일본 과자다.

하지만 당근 수프, 비시수아즈*, 뿌리채소 수프, 묽은 스튜, 채소 조림과 흰살생선 구이나 찜, 맑은장국, 부드러운 달걀찜, 죽이나 갓 구운 부드러운 빵, 과일, 캐러멜 맛 아이스크림, 촉촉한 쿠키 등 식탁에 올리는 것은 전부 드셨다.

내가 주방에 서있으면 어머니는 침대에서 일어나 벽을 따라 조심조심 걸어서 천천히 식탁 의자에 앉는다. 탁탁탁, 도마 위 채소 써는 소리를 잠자코 듣고 있다가 어머니는 내 어렸을 적 이야기를 했다가 돌아가신 할아버지와 숙부 이야기를 하기도 한다. 그러고는 "왜 이렇게 졸린 걸까? 그래도 밥을 먹고 있을 땐 졸리지 않아" 한다.

요즘 들어 어머니는 무슨 일인지 표준어로 말한다. 오사카 출신인 어머니는 원래도 심한 나가사키 방언을 쓰지는 않았지만, 표준어로 말하는 것을 보는 건 처음이라 이런 와중에도 왠지 신선한 느낌이 들었다.

일요일이 되자 여동생이 중학생 아들을 데리고 집에 왔다. 클럽 활동을 열심히 하는 아들 때문에 바빠서 오래 있

*
감자와 크림으로 만든 수프로 보통 차게 먹는다.

지는 못한다며, 3시간 정도 있다가 일어섰다. 꾸벅꾸벅 졸고 있는 어머니와 많은 얘기를 할 수 없었지만, 마음이 잘 맞는 아버지와는 이야기를 많이 나눈 모양이다. 아버지가 조금 기운을 차린 걸 보니….

여동생과 조카를 차 있는 곳까지 배웅하는데, 동생이 말했다. "언니, 엄마 좀 이상한 소리 하더라. 약 때문인가?"

깨어있는 시간이 많지 않은 어머니는 깨어있을 때도 몽롱한 상태여서인지 여동생의 아들이 몇 살이 되었는지조차 잘 몰랐다. 동생은 "언니, 힘들겠지만 좀 부탁할게. 다음 주말에 또 올게"라는 말을 남기고 후쿠오카로 돌아갔다.

아버지는 이제 어머니 방에는 들어가지 않지만 어머니가 걱정되어 안절부절못한다는 건 뻔히 보인다. 끊임없이 주위를 서성서성하고 있으니까. 그리고 어머니가 전적으로 나를 의지하는 게 맘에 들지 않는지 내가 하는 모든 것이 못마땅해 죽겠나 보다. 낮잠을 자고 일어난 어머니 목덜미에 땀이라도 보이면, "거참, 빨리 닦아줘야지" 하며 방 밖에서 호통을 치질 않나, 내가 주방에서 냄비를 떨어뜨리기라도 하면, "야, 더 조용히 할 수 없냐?"라며 눈을 부라린다. 내 뒤를 따라다니며 내가 하는 일마다 사사건건 트집을 잡는다.

어머니의 링거를 교체하기 위해 방문한 간호사가 그 모습을 보더니, 내일 오겠다는 인사를 하면서 손짓으로 나를 불러 함께 밖으로 나갔다.

"우리 집도 그랬어요. 어머니가 돌아가시기 전, 아버지가 전혀 어머니 곁에 다가가지도 않고 신경질을 부리며 저에게 화풀이를 하더라고요. 남자들은 정말 구제 불능이라니까요. 어느 집이나 마찬가지예요. 또 화풀이하면 아, 응석을 부리는 거구나, 생각하면 돼요."

간호사는 내 어깨를 가볍게 톡톡 두드리며, 어떻게든 기분을 잘 풀어야 한다고 말해주었다. 그 말을 들으니 마음이 조금 가벼워졌다.

그도 그럴 것이, 나에게는 푸념이나 우는소리를 들어줄 친구가 있지만, 아버지에게는 아무도 없다. 아버지한테는 어머니밖에 없는데 그 사람이 무너져 가는 모습을 바라보고 있는 심정은 분명 괴로울 것이다. 그렇게 머리로는 이해하더라도 지금은 나 역시 어머니 일로 머리가 꽉 차있다. 그러니 아버지가 험한 말을 던질 때마다 내 얼굴도 험악해져 간다.

갑자기 어머니가 매일 한밤중에 벌떡 일어나 머리맡에 놓인 통을 열고 신나게 과자를 먹기 시작한다. 그러고는 "이제 됐어. 그동안 얼마나 먹고 싶었다고" 하더니 달콤한 과자를 두세 개 더 먹고 나서 다시 잠이 든다.

때때로 벽에 걸려있는, 어머니가 직접 놓은 자수를 보고 "아, 그렇구나, 힘들겠네"라고 혼잣말을 하기도 한다. 그리고 내게는 보이지 않는 색채와 빛을 방 여기저기서 보는 건지, 보이지 않는 무엇인가를 만져보려는 듯이 공중에 쓱 손을 뻗기도 한다.

어느 날 밤인가 어머니는 "있잖아, 전파사 아저씨가 또 왔었어"라며 나를 깨우더니 "아저씨가 나한테 이제 슬슬 전등을 끌 시간인데 꽤 끈질기네요, 그러는 거야. 전등을 끈다고 해도 아프지도 무섭지도 않다고 그러면서. 그래도 나는 아직 불을 끄고 싶지 않아"라고 힘없이 말한다.

요즘 들어 전파사 아저씨가 자주 오는 것 같다. 의사의 말에 따르면 말기암의 극심한 통증을 줄여주는 독한 약 때문에 나타나는, '섬망'이라고 부르는 환청과 환각 증상이라고 한다.

아버지는 그런 어머니를 바라보며 "불쌍해, 불쌍해. 약 때문에 정신이 나가버렸네"라며 한탄만 할 뿐이지만, 나는 문득, 어머니가 우리에게는 보이지 않는 무언가를 정말로 보거나 듣는 것은 아닐까 하는 생각이 들었다.

내가 어머니의 말을 진지하게 들어주자 어머니는 비밀을 털어놓듯이 이런저런 이야기를 해주었다. 한밤중에 과자를 먹는 이유는 이제 곧 죽을 거니까 살이 쪄도 상관없기 때문이란다. 젊은 시절, 아버지가 살찐 여성은 싫다고 말했었기 때문에 어머니는 줄곧 살이 찌지 않도록 신경 썼다고 한다.

또 자수 작품을 보며 대화하는 상대는 수를 놓던 시절의 어머니 자신으로, 인생에 의문을 품고 있었던 젊었을 때의 자신이 늘어놓는 하소연을 현재의 어머니가 들어주고 있는 것이었다. 그리고 색채에 관해서는 녹색과 파란색, 붉은색이 보이다가 보라색이 보이고 흰색이 보인 후에 마지막에 투명한 빛이 나타나면 천국에 갈 수 있는 거라고 했다. '전파사 아저씨'란 역시 예상대로 천국으로 가는 길의 안내인이라고 알려주었다.

어머니의 이야기가 왠지 자연스럽게 납득이 되었다. 나는 매일, 일반 사람에겐 영문을 모를 만한 어머니의 말들을 한 마디도 놓치지 않으려고 귀를 쫑긋 세우고 들으면서 함께 웃고 공감했다.

사흘에 한 번씩 진료를 위해 방문하는 의사에게는 그런 모습이 기이하게 비쳤나 보다. 주는 약을 거르고 이상한 소리를 늘어놓는 환자와 그에 맞장구치는 딸을 보면서 신경이 곤두선 의사는, 변해가는 어머니의 모습 때문에 가뜩이나 제정신이 아닌 아버지에게 이런 조언을 했다. 어머니와 나를 정신병원에 입원시키는 게 좋겠다고.

아버지도 괴롭고, 나도 괴롭다. 그러나 어김없이 날은 밝고, 쇠약해져 가는 어머니는 오늘도 눈을 뜬다. 지난 일주일, 다른 사람의 도움 없이도 식탁에서 제대로 젓가락을 쥐고, 내가 만든 음식을 먹을 수 있었던 어머니가 점점 몸을 일으켜 세우는 것조차 뜻대로 할 수 없는 상태가 되었다. 겨우 침대 위에서 일어나 앉아 음식을 먹더라도 매우 적은 양인 데다가 침대 위에서 먹는 밥은 맛이 없다고 했다. 아마도 가족이 함께 식탁에 빙 둘러앉아 밥을 먹는 행위가 어머니에게는 기쁨이었던 건지도 모른다.

어머니는 점점 아무것도 먹지 못하는 상태가 되었다. 먹고 싶은 마음은 있는 것 같은데, 무언가를 먹으면 배변을 해야 하니까 먹고 싶지 않다고 하는 것 같다. 배변의 문제가 어머니의 앞을 가로막는 걸림돌이 되었다.

더 이상 화장실까지 걸어가지 못하는 어머니는 간호사가 침대 곁에 놓아둔 휴대용 변기를 내가 안 볼 때 쓰려고 했다. 링거 튜브가 얽혀 크게 다칠 수 있어 안 된다고 내가 팔을 잡아 부축하려 해도 마다했다. 어차피 배설물을 화장실에 흘려보내는 건 나니까 그런 것쯤 아무 일도 아닌데, 내게 대소변 시중은 들게 하지 않겠다고 작정한 모양이다. 어머니는 볼일을 보지 않으려면 먹지 않으면 된다는 결론에 도달한 듯하다.

"빨리 죽어버리면 좋을 텐데…."

어머니는 밥을 먹지 않는데도 죽지 않는다고 화를 낸다. 그러나 얼마 지나지 않아 혼자 용변 보기를 포기한 어머니가 내 손을 빌려 휴대용 변기에서 용변을 보게 되었다.

아무리 깨끗하게 뒤처리를 해도 내 비강 안쪽에는 항상 배설물 냄새가 남아있다. 장을 보러 밖으로 나갈 때면 신선

한 바깥 공기에 잠깐 한숨을 돌린다. 슈퍼에서 돌아오는 길, 집 근처에 오기만 해도 비강에 배어버린 듯한 그 냄새가 반사적으로 되살아나곤 한다. 나는 어머니가 눈치채지 못하게 어머니 방에 방향제를 살짝 놓아두었다.

간호사가 마지막으로 어머니의 목욕을 시켜준 것은 내가 본가로 돌아온 직후였는데, 이제 어머니는 욕조에 들어갈 체력도 기력도 잃은 상태다.

간호사들은 침대 위에서 어머니의 몸을 깨끗이 닦아주고 머리도 감겨주는데, 이때 성인용 기저귀가 매우 유용하게 사용된다. 여러 장의 기저귀를 죽 찢어서 침대 머리맡에 펼쳐두고, 페트병 뚜껑에 구멍을 잔뜩 뚫어 물을 담은 페트병을 여럿 준비해 놓은 다음, 정성스럽게 샴푸로 머리를 감긴 후 간이 샤워기가 된 페트병으로 깨끗이 거품을 씻어 헹궈낸다. 그 물은 기저귀에 전부 흡수된다. 어머니의 머리를 감겨주는 간호사의 능숙한 손놀림에 감탄하고 있는 나를 보더니 그녀가 "기저귀의 흡수력 덕분이지요" 하며 웃는다.

어머니는 아직, 기저귀를 본래의 목적대로 사용하는 것에는 거부감을 나타낸다. 어머니 몰래 준비해 둔 기저귀는 현재로서는 머리 감기 전용이다.

어머니 방에서 잠을 자는 나는 어머니가 뒤척거리는 작은 소리에도 금방 깨버린다. 내가 집안일을 맡고 나서부터 할 일이 없어진 아버지가 멀찌감치 떨어져서 어머니의 모습을 보며 나에게 사사건건 시비를 건다. 나는 업무 중인 여동생에게 몇 번이나 전화를 걸어 아버지 흉을 보고, 당분간 아버지를 모셔줄 수 없느냐고 신신부탁했다. 어머니를 간호하기 위해서 아버지를 여동생 집에 맡기려 하다니, 너무나 희한한 발상이라는 생각이 마음 한구석에서 들긴 한다.

어머니는 서로 너무 닮아서 그렇다고 했다. 아버지와 내가 성격이 닮아서 부딪힌다는 것이다. 12년 전, 어머니에게 처음으로 암이 발병했을 때, 퇴원 기념으로 어머니 방에 새 침대를 들이고 벽지부터 커튼까지 어머니 취향에 맞춰 단장해 드리기로 했었다. 나는 모든 준비를 완료해 놓고 가마쿠라로 돌아갔는데, 이것이 내내 못마땅했던 아버지가 침대와 커튼 등을 가지고 온 작업자들에게 전부 그대로 갖고 가라고 호통을 쳤다는 이야기를 어머니에게 들었다. 아버지도 나도 스스로 주도해야 직성이 풀리는 성격이다.

어머니는 그때처럼 사사건건 반목하는 부녀의 모습이 보고 싶지 않았는지 “나, 호스피스에 들어갈까 싶어”라고 말했다. 성당이 있는 호스피스에 가고 싶다는 거였다.

어머니가 말하는, 성당이 있는 호스피스에 문의를 해보니, 아버지 말대로 한 달 이상은 기다려야 입소할 수 있다고 했다. 그러나 면담은 언제든 가능하다기에 다음 날 나는 아버지 차를 빌려 본가에서 30분 정도 떨어진 호스피스로 향했다.

병원 접수처로 가서 면담 예약을 하고 찾아왔다고 하자 4층 간호사실로 가라고 했다. 엘리베이터가 4층에 도착하고 문이 열리자 눈앞에 간호사실이 있었다. 인상 좋은 직원에게 내 이름을 말했더니 면담실이라고 적힌 표찰이 붙어있는 작은 방으로 안내해 주었다.

면담실 테이블에는 갑 티슈가 한 상자 놓여있었는데, 그걸 보며 ‘아, 울지도 모르겠다’라고 생각하고 있을 때 호스피스의 간호팀장과 여의사들이 들어왔다. 깜짝 놀랄 정도로 온화하고 친절한 그들에게 어머니의 병세에 관해 이야기하면서 역시 울고 말았다. 이런 나를 마음 깊이 걱정해 주는 모습을 보고, 꼭 이곳에 들어오면 좋겠다는 생각이 간절했다. 그러나 어머니의 차례가 오기까지 한 달 정도의 시간이 걸릴 수 있다는 말에 일단 입소 신청만 해놓고 호스피스를 떠났다.

"목을 빼고 기다렸단다." 어머니는 내가 돌아오기를 애타게 기다리고 있었다.

지금 당장이라도 호스피스에 들어갈 수 있을 것으로 기대하는 어머니에게, 한 달을 기다려야 하고 그때까지 어머니가 버티지 못할 거라는 말은 도저히 할 수가 없었다. 나는 공실이 나면 즉시 들어갈 수 있다고, 딱히 거짓말이라고 할 수 없는 거짓말을 했다. 그러자 어머니는 "호스피스에는 뭘 입고 갈까?", "성당에 가보고 싶었는데 이제 내가 오래 걸을 수 없으니까 무리겠지?" 신이 난 듯 말했다.

그러다 갑자기 "내가 호스피스에 들어가면 미키는 집으로 돌아갈 거니?"

어머니가 불안한 얼굴로 묻는다.

"안 가요. 호스피스 병실에 소파 베드가 있어서 나도 같이 갈 거야."

내 대답을 듣자 얼굴에 안도의 빛을 띠며 어머니는 마치 여행을 손꼽아 기다리는 듯 들뜬 말투로 말한다.

"빨리 가고 싶다, 그치?"

내가 호스피스에 갔다 오고 나서부터 그곳에 들어갈 수 있다는 희망을 품은 어머니는 밥을 먹지도 않고선 "오늘도 밥이 맛있었어"라고 말하기도 하고, "오늘은 뭘 하셨어요?" 묻는 간호사에게 "곧 호스피스에 갈 거라서 쇼핑하고 왔지요"라며 설레듯 대답한다. 이제 어머니는 혼자서 몸을 일으키지도 못한다.

한밤중에 어머니가 근육통 때문에 등이 아프다며 크림 형태의 습포제를 발라달라고 했다. 근육이라고는 남아있지도 않은데…. 슬퍼지려는 마음을 다잡고 어머니의 분홍색 파자마를 말아 올린 후 전등을 켜고 등에 습포제를 바르려다가 나는 깜짝 놀라고 말았다. 환한 불빛 아래에서 보는 어머니의 등과 내 왼손의 극명한 대비에 흠칫 놀라, 멍하니 바라보고만 있었다.

야윌 대로 야위어 뼈만 앙상한 어머니의 등 위에 겹쳐 보이는 내 왼손이 이상할 정도로 커 보였다. 스스로 놀랄 만큼 생명력으로 넘치는 손을 보니 서글플 정도로 내가 아직 젊다는 걸 깨닫는다. 그리고 혈관이 약동하는 손, 자랄 대로 자란 긴 손톱이 빨리 손질을 해달라고 말이라도 하는 듯 나에게, 내 인생을 상기시켜 주었다. 어머니는 세상을 떠나도 나는 살아가야 한다. 나는 우는 것도 잊은 채 그 사실을 가만히 응시하고 있었다.

다음 날 어머니 방을 가득 채운 습포제 냄새를 맡은 아버지가 "의사 선생님한테 제대로 물어봤냐? 네 멋대로 습포제를 바르면 어떡해? 몸에 해로우면 어쩌려고 그러냐?"며 또 내게 고함을 지른다. 마음이 무너질 것 같다. 어머니는 이제 곧 세상을 떠나려고 하는데, 아버지는 아직도 현실을 받아들이지 못하고 있다. 그때 내 휴대전화가 울려 급히 집 밖으로 나와 전화를 받았다. 일주일 전에 입소 신청을 했던 호스피스에서 온 전화였다.

"내일부터 입소 가능합니다만, 어떻게 하시겠습니까?"

수화기에서 부드러운 목소리가 들렸다. 나도 모르게 하늘을 우러러보며 "입소하겠습니다. 부탁드립니다"라는 대답이 바로 나왔다. 그러고는 잠시만 기다려 달라고 말하고 후다

닥 집으로 뛰어 들어가 아버지한테 "호스피스에서 입소 가능하대요. 어떻게 하겠느냐는데요?" 하며 휴대전화를 가리키며 말하자, 아버지도 아무 망설임 없이 그 자리에서 대답했다. "바로 들어간다고 부탁드려라."

내일 낮에 오라는 수화기 너머 상대방에게 마치 신께 감사를 드리듯 고맙다는 인사를 하고 전화를 끊었다. 내일부터 호스피스에 들어갈 수 있다는 소식을 들은 어머니는 진지한 얼굴이 되었다가, 조금 쓸쓸한 표정을 짓더니 이내 소녀 같은 얼굴로 잘됐다며 중얼거렸다.

"천국의 언어는 말이죠, 살아있는 사람에게는 의미 없는 무늬로밖에 안 보이지만 죽어가는 사람은 읽을 수 있답니다."

호스피스에 입소한 날, 히로코 수녀님은 그렇게 말했다. 처음 수녀님의 얼굴을 본 순간부터 왠지 나는 수녀님에게 무엇이든 말하고 싶어 견딜 수가 없었다. 그래서일까 여태까지 느꼈던 불안과 불만을 수녀님 앞에서 한꺼번에 쏟아놓았다. 줄곧 집에서 어머니가 영문 모를 소리만 했다는 것,

어쩌면 그건 영문 모를 소리가 아니라 나의 이해를 뛰어넘는 말이었을지도 모른다는 등 여러 가지 이야기를 했다.

수녀님은 의학적으로 '섬망'이라고 불리는 증상에 관해 이렇게 설명해 주었다.

"그러니까, 예를 들어, 프랑스어가 잔뜩 적힌 세련된 포장지가 있다고 해봐요. 그 종이에 적힌 말은 프랑스어를 모르는 내게는 이건 무슨 낙서인가 싶지만, 프랑스어를 아는 사람은 제대로 읽을 수 있겠죠. 그런 것과 마찬가지예요. 어머님은 약 때문에 영문 모를 소리를 하는 게 아니라 천국의 언어를 읽고 계신 거예요."

어렴풋이 그럴지도 모른다고 느꼈던 사실을 수녀님이 단호하게 그렇다고 말해주니 나는 무척 마음이 놓였다. 더욱이 수녀님은 "천국의 언어를 읽고 있는 사람과 읽지 못하는 가족의 틈으로 들어가는 게 저의 일이에요. 통역 같은 거라고나 할까요"라고도 했다. 나는 이곳에 올 수 있어서 정말 다행이라고 생각했다.

호스피스 병동이 있는 성 프란치스코 병원을 이 지역의 연세 드신 분들은 샌프란시스코 병원이라고 부른다. 미국의 도시 이름이기도 하지만 유럽식으로 읽은 것이기도 하다. 이곳은 의료법인이 아닌 종교법인으로 그리스도의 정신에 뿌리를 둔 가톨릭 계열 병원으로서, 60여 년 전 원자폭탄 낙하로 폐허가 되었던 곳에 세워졌다. 나가사키시에 있는 대형 병원 몇 곳 가운데 하나로, 원자폭탄 투하 시 폭발 중심지 근처에 있고 바로 옆에는 우라카미 성당이 있다. 바람결에 가끔 성당 쪽에서 종소리가 들려오기도 한다.

본가에서 조금 떨어져 있는 곳이라서 그다지 익숙한 지역은 아니었지만, 내게 왠지 이곳은 '성지'라는 이미지가 있었다. 이 지역에는 수녀원과 가톨릭 센터도 있어서 시장, 은행, 편의점, 버스나 노면전차 등 어디를 가든 수녀님들을 만날 수 있다.

이곳은 가톨릭 계열 병원이지만 신자만 받는 곳은 아니다. 환자 대부분이 가톨릭 신자가 아니다. 어떤 종교를 믿더라도 누구든 원하면 호스피스에 입소할 수 있다. 다만 문제는 다른 호스피스와 마찬가지로 순번 대기가 길다는 것인데, 우리가 신청하고 나서 일주일 만에 입소할 수 있었던 건 기적이나 다름없었다.

실은, 어머니보다는 나를 위해서 이곳에 들어오기를 마음속으로 바랐다. 나는 이 병원의 4층에 발을 들여놓았던 순간부터 이 병동에 감도는 고요하고 평온한 공기에 매료되었다. 본래는 일반 병동의 2인실이나 1인실이었을 병실을 간소하나마 호텔 객실처럼 마련한 병실은, 가끔 텔레비전에서 소개될 만큼 혀를 내두를 정도로 호화롭지는 않지만, 청결하게 정돈된 실내와 조용한 분위기가 내 마음을 차분하게 가라앉혀 준다. 이곳에는 말로 형용할 수 없는 무엇인가가 있다. 아마 그것은 절이나 성당 안에 있을 때 느껴지는 그 무언가와 닮은 것이었으리라.

"여기 들어오실 때 지금까지 생활하시던 방과 비슷한 분위기를 만들 수 있는 건 무엇이든 갖고 오셔도 돼요"라고 면담할 때 해준 간호팀장의 말이 떠올랐다.

어머니 방에 깔아두었던 카펫과 쿠션, 그리고 어머니와 내 옷을 여동생 차에 꼭꼭 눌러 담은 후 그 틈새에 아버지가 앉았다. 어머니와 나는 누운 채로 탈 수 있는 대형 환자용 택시에 탔다. 어머니가 오랫동안 살아온 집을 떠나 차 두 대로 호스피스를 향해 출발했다. 택시가 모퉁이를 돌 때마다 어머니가 침대에서 떨어지기라도 할까 봐 조마조마했다. 차창을 통해 어디까지 바깥 풍경이 보일까, 마지막이 될지도 모를 거리 풍경이 제대로 보일까, 나는 누워있는 어머니에게 계속 신경이 쓰였다.

호스피스에 들어가는 날, 가족이 모두 모여 아침 식사를 하기로 했던 터라 여동생도 후쿠오카에서 이른 시간에 달려왔다. 움직이지도 못했던 어머니가 함께 식탁에 앉을 거라며 자기 힘으로 의자에 앉는 걸 보고 우리는 깜짝 놀랐다.

어머니가 드실 수 있도록 부드럽게, 흐물흐물하게 푹 끓인 채소 수프와 여동생이 사 온 갓 구운 빵과 과일을 넷이서 먹었다. 이것이 네 식구가 함께 모이는 마지막 아침 식사라는 것을 알고 있었기에, 우리는 아무것도 아닌 일에도 필요 이상으로 크게 웃으며 느긋한 식사 시간을 보냈다. 행복한 아침이었다.

6

죽음 후의 세상은 하나인 것을

야트막한 산 중턱에 자리 잡은 호스피스 병실의 창 너머로 나가사키 도심에 있는 비탈길의 풍경이 내려다보인다. 이곳 호스피스는 밤이 되면 아름다운 야경의 일부가 된다.

집에서 가져온 카펫을 호스피스 병실에 깔고, 소파 베드 위에는 눈에 익은 쿠션을 놓았다. 여동생과 나는 냉장고 안에 어머니가 좋아하는 음식을 넣어두고, 알람 시계를 어디다 놓을까 요리조리 바꿔보는 등 사부작사부작 병실을 꾸몄다. 마지막으로 어머니가 좋아하는 내 그림을 침대 정면의 벽에 걸자 어머니만의 공간이 되었다.

아버지와 여동생이 돌아가고 어머니와 둘이 남았다. 고요한 방에서 끝없이 펼쳐지는 하늘을 바라보고 있으면 구름의 모양이 어느새 여름과는 달라 보인다. 집에 있을 때는 미세하게 들렸던 벌레들의 울음소리가 더는 들리지 않는다.

호스피스 병동의 긴 복도 양쪽에 22개의 병실이 있고 정중앙 부근에 공용 주방이 있다. 전자레인지와 토스터, 냄비, 프라이팬, 식기가 갖춰져 있어 병실에 함께 머무는 가족이 자신들의 식사를 준비하거나 환자들이 원하는 음식을 이곳에서 조리할 수 있다.

나는 병원에서 5분 정도 급경사면을 내려간 곳에 있는 작은 시장에서 식재료와 빵을 사 온다. 가끔 장에서 낯익은 분들을 마주치기도 한다. 서로 힘내자고 격려하면서, 가쁜 숨을 내쉬며 함께 언덕을 올라 병원으로 돌아오는 일도 있다.

입소 직후, 짬뽕이 먹고 싶다던 어머니를 위해 전통 있는 가게에서 반 냉장 상태의 짬뽕을 포장해 와 주방에서 데웠던 적이 있는데, 다른 환자들에게까지 냄새가 퍼졌던 모양이다. 자기도 먹고 싶다고 했던 사람도 있었다고 간호사에게서 들었다.

간호사실 앞의 휴게실에는 푹신푹신한 소파와 테이블이 놓여있다. 면회 온 가족과 지인들이 심각한 표정으로 병실에서 할 수 없는 말들을 여기에서 하기도 한다. 햇빛이 잘 드는 창가 바로 앞에 모셔져 있는 자그마한 성모상이 지칠

대로 지친 우리 마음을 어루만져 주신다.

복도 한쪽 맨 끝에는 널찍한 베란다로 나갈 수 있는 문이 있는데, 그곳에는 차양이 쳐진 작은 공간에 세탁기와 건조기가 두 대씩 들어가 있다.

호스피스에 온 지 사흘째 되는 아침, 건조기의 남은 시간을 멍하니 바라보고 있는 내게, 세탁기를 사용하고 있는 한 사람이 "4층이세요?" 하고 물었다. 이 병원에서 '4층'이라 함은 '호스피스'를 의미한다.

베란다에 있는 세탁기는 호스피스 병동의 관계자뿐만 아니라 일반 병동의 입원환자와 그 가족들도 이용한다. 2층에 입원 중이라는 그 사람이 나를 보고 바로 4층이냐고 물어본 것은 내가 생각에 골똘히 잠겨있었기 때문이었을까?

금세 미소를 짓지 못하는 나에게 그 사람이 이렇게 말했다.

"4층은 맨 위층이니까 천국이 가깝잖아요. 투병하지 않아도 되고요. 조금만 더 힘내세요."

투병 중인 사람에게 오히려 위로를 받다니, 나는 정신이 번쩍 들었다.

나가사키 거리에는 수많은 성당이 있다. 병원 베란다에서 보이는, 길고 좁은 계단이 이어지는 언덕 위의 작은 성당에 계시는 신부님이, 이 병원 1층에 있는 성당에서 매일 아침 미사를 집전한다고 한다. 성당에는 가톨릭 신자인 환자뿐만 아니라 이 근처에 사는 신자들도 오고, 때때로 신자가 아닌 병원 직원들도 미사에 참석한다고 한다.

신자들의 방 이름표 아래에는 빨간색 별표가 붙어있는데, 그것은 신부님과 수녀님이 매일 아침 기도를 해주려고 방문할 때 병실을 확인하기 위한 표시다.

새벽녘, 병동의 어슴푸레한 복도를, 작은 전등을 손에 든 히로코 수녀님의 인도에 따라 신부님이 조용히 딸랑딸랑 종을 울리며 천천히 지나간다. 잠 못 든 밤을 보낸 후 이 광경을 보자, 신자가 아니더라도 손을 모으고 싶어진다.

어머니는 신자가 아니지만 신부님이나 수녀님이 방에 와주기를 바랐다. 병원 1층에 성당이 있다는 건 알았지만 더 이상 자신이 움직일 수 없다는 것도 알고 있었기에, 적어도 성당의 분위기를 느끼고 싶은 건지도 모른다.

어머니 병실의 이름표 아래에는 빨간색 별표가 붙어있다.

매일 아침, 작은 종소리를 듣고 어머니가 기쁜 듯이 수녀님의 질문에 답하는 것을 보면서 또 새로운 하루가 시작되었음에 나는 진심으로 감사했다.

하지만 환자 중에는 다른 종교를 믿는 사람도 있다. 자기가 믿는 종교에서는 천국이 없으니 수녀님에게 오지 말라는 환자들도 있다.

어느 날 복도에서 왁자지껄하게 웃음소리가 나기에 무슨 일이 있는지 간호사에게 물었더니, 어느 환자가 수녀님에게 "나는 극락정토에 가니까 당신이 와도 소용없다"고 했단다. 그 말을 듣고 히로코 수녀님이 "어머나, 천국도 극락정토도 맞붙어 있는 옆방 같은 건데요?" 했다는 것이다.

순간 정적이 흐르더니 그 환자가 박장대소하고, 곧바로 그 자리에 있던 사람들의 웃음보가 터지는 바람에 다른 사람들에게도 웃음이 전염되었다는 것이다.

어머니에게 이 이야기를 들려주었더니 "그렇구나. 저쪽 세상은 하나인 거구나" 하며 피식 웃는다.

천국이든, 극락정토든, 죽음 후에 도달하는 장소는 같은 요릿집의 옆방 같은 것이라고 말하는 수녀님의 너그러움이 심각해지기 쉬운 환자와 가족에게 웃음을 가져다준다.

우리는 우리 자신이 웃을 수 있음에 안도한다. 때로 사람은 자기 웃음소리에 위안을 얻을 수도 있다는 걸 깨닫는다.

7

속마음을 알고 싶다면 안경을 바꾸세요

빨리 죽고 싶다는 둥, 역시 죽고 싶지 않다는 둥, 하루에도 몇 번씩 어머니의 기분이 들쭉날쭉하다. 죽음을 눈앞에 두고 있는 어머니와 아직 죽음까지는 좀 거리가 있는 내가 이야기를 나누다가 어긋나기라도 하면 "난 이제 하느님하고만 얘기할 테야" 하며 어머니가 샐쭉 토라질 때가 있다.

그럴 때면 항상 절묘한 순간에 수녀님이 나타나서 이렇게 말한다.

"어머, 하느님이랑 얘기하고 싶으세요? 그러면 하느님께 전화하면 되잖아요."

"하지만 전 하느님 전화번호를 모르는데요."

어머니가 대답한다.

"저런, 하느님 전화번호는 아주 간단하잖아요."

수녀님은 검지를 위쪽으로 세우고는 "1번이요" 한다.

어머니는 싱긋 웃고는 수녀님과 둘이서 말이 통했다는 얼굴로 나를 쳐다본다.

왜 두 사람이 말이 통한 건지 도무지 알 수 없는 나는 투덜투덜하며 묻는다.

"카스텔라가 1번이고 전화가 2번 아니었나요?"*

"그건 옛날이야기! 뭐가 어떻게 돌아가고 있는지 잘 보이지 않을 때는 쓰고 있는 안경을 바꿔야 해요."

그러곤 수녀님은 계속 말을 이어간다.

"하나의 안경으로는 보이지 않는 세계예요. 그러니까 안경을 바꾸는 거죠. 저는 수없이 많은 안경을 갖고 있어요. 한 가지 관점으로만 보면 눈앞의 일이 제대로 보이지 않겠죠. 사람 마음이란 순간순간 바뀌는 거잖아요. 하는 말이 바뀔 때마다 듣는 쪽에서도 안경을 바꾸면 진짜 속마음을 이해할 수도 있고 사물의 이치가 제대로 보이기도 하는 법이에요."

* 나가사키 특산물인 카스텔라 제조업체 분메이도의 시엠송 가사 '카스텔라 1번(최고), 전화가 2번(연결 번호), 3시의 간식은 분메이도'를 의미하는 것이다.

그런가? 어머니가 하느님과 얘기하고 싶다고 할 때는 뭐라고 응대할지 머리를 싸맬 필요 없이, 안경을 바꾸고 하느님의 전화번호를 찾는 사람이 되면 되는 것이다.

간호부장인 수녀님은 환자와 가족뿐만 아니라 간호사들에게도 의지가 되는 존재인 듯했다. 간호사들이 병실에서 시비 거는 환자에게 시달리고 있을 때면 마치 누가 부르기라도 한 듯 기가 막힌 때에 나타나서는 재미있는 말로 웃음바다를 만들어 놓고 홀연히 떠난다고 한다.

"병실에 감시 카메라가 설치되어 있는 건 아닌가 생각할 때도 있어요"라고 말하는 간호사도 있었다. 실제로는 시력이 좋아서 안경을 쓰지 않는다는 수녀님의 마음의 안경에는 천리안 기능이 장착되어 있는지도 모른다.

호스피스에서는 매일매일 적막한 시간이 흘러가지만, 수녀님이 지나가는 자리에는 킥킥거리는 소리부터 깔깔거리는 소리까지 항상 웃음의 소용돌이가 일어난다. 수녀님은 안경을 바꾼다는 의미로 주파수를 조정한다는 표현을 쓸 때도 있다.

"그러니까 라디오 주파수를 맞추듯이, 무슨 말을 하는지

도무지 모르겠을 때는 그 말이 어느 방송국에서 나오는 건지, 다이얼을 돌려서 찾으면 되는 거예요. 천국에 가까운 사람들은 이제 우리와는 다른 세계에 있기 때문에 이쪽에서 주파수를 맞추지 않으면 안 돼요."

잠깐씩 저세상을 오가는 어머니는 눈을 떴을 때 나와 눈을 맞추고 희한하다는 듯한 표정을 지을 때가 있다. 그리고 "어머, 내가 아직도 있었네"라거나 "아아, 빨리 떠나고 싶어"라고 말하면서 손을 뻗어 보이지 않는 무언가를 만지려고 하기도 한다.

또 내가 입고 있는 옷을 보고 "좀 더 좋은 옷을 입으렴"이라거나 덥수룩하게 자란 내 머리를 보며 "제대로 미용실을 가야지"라고 하기도 한다. 언제 적 일인지 모르지만, 누군가에게 심하게 상처받았던 일에 분개하기도 하고, 특히 좋아하는 간호사의 근무 일정을 알고 있기도 한다. 어머니의 시간 축은 무너져 있다.

요 며칠은 잠들어 있는 때가 많지만, 어머니가 눈을 뜰 때마다 당신의 영혼이 지금 어느 시점에 있는 건지 몰라서, 어머니가 불쑥 내뱉는 말에 내가 제대로 대응하지 못할 때가 있다. 그럴 때는 수녀님이 말한 대로 주파수를 바꿔볼 수밖에 없다.

매일 죽어가는 사람들을 가까이에서 만나고, 또 그들이 이미 다른 세계에 있다는 것을 충분히 알고 있는 수녀님은, 그들의 말이 어느 방송국에서 나오는 건지 순간적으로 판단할 수 있는 듯했다. 천국의 언어를 통역하는 사람에게는 반사신경도 필요하다는 생각이 들었다.

하는 말이 바뀔 때마다

듣는 쪽에서도 안경을 바꾸면

진짜 속마음을 이해할 수 있어요.

8

빙수를 만드는 즐거움

휴게실에서 친해진, 50대 남편을 돌보고 있는 아름다운 부인이 하도 제멋대로 구는 남편 때문에 속이 상해 울고 있었다. 그 모습을 본 히로코 수녀님이 "제멋대로 구는 건 살아있는 시간을 즐기고 싶다는 의미예요"라고 하자, 부인은 그제야 빙그레 웃는다.

결혼한 지 30년 남짓한 이 부부에게는 자녀가 없다. 앞으로 줄곧 둘이서 즐겁게 살아갈 일만 남은 줄 알았는데, 덜컥 불치병에 걸린 남편이 혼자서 한 치의 망설임도 없이 호스피스에 들어가기로 정했다고 한다.

마음 추스를 새도 없이 황망하게 남편을 따라왔다는 부인은 늘 혼자 휴게실에서 울고 있었다. 병실에서 나온 적 없는 남편이 어떤 분인지 모르지만, 죽음을 응시하고 있는 사람과 그것을 인정하고 싶지 않은 사람 사이의 온도차, 혹은

두 사람의 전혀 다른 시간의 흐름이 부인의 눈물이 된 것이리라. 부인은 남편의 남은 시간이 수개월 정도라는 통보를 받았다.

휴게실에서 부인의 이야기를 들어보니, 신흥종교에 열광적으로 빠져있는 남편의 부모님과 형제들은 이곳이 가톨릭 계열의 호스피스라고 해서 거의 오지 않는다고 한다. 그렇기 때문에 이 부부는 이곳에서 단둘이 지내고 있다.

남편이 다시 건강하게 살아주기를 바라는 부인은, 내가 죽으면 이렇게 하라, 저렇게 하라 당부하는 남편의 말을 때때로 도저히 받아들일 수 없어 못 견디겠다고 했다.

나는 수녀님의 말을 빌려 조심스럽게 위로의 말을 건넸다. "안경을 바꿔보면 좋다고 하더라고요. 여기서 단둘이 보내고 있는 시간을 남편의 선물이라고 생각해 보면 어떨까요?"

그러자 부인은 눈물을 머금은 채 나를 바라보며 "응, 고마워요. 머리로는 알겠는데 말이에요"라며 상냥하게 웃는다.

알고는 있지만 가끔 어린아이처럼 구는 남편의 언행에 약해질 대로 약해진 부인의 마음은 충격을 가누지 못했다.

평정을 유지해야 한다는 생각과 평정을 유지할 수 없다는 심정이 대립하여 자기 자신도 혼란스럽다고 했다. 나도 같은 경험자로서 공감이 간다.

12년 전, 어머니가 처음으로 암 진단을 받았을 때, 아버지는 떨리는 목소리로 내게 전화를 걸어왔다. 도쿄에서 살고 있던 나는 때마침 나가사키에 돌아올 수 있는 상황이어서 한달음에 비행기를 타고 날아왔다.

집으로 온 후 어머니가 입원한 병원에 날마다 찾아갔다. 그때 어머니의 성화는 그 누구도 당할 수가 없었다. 멋진 머리핀을 갖고 싶다기에 시내에 있는 가게라는 가게는 다 돌아다니면서 몇 개 사 갔는데, 하나도 맘에 드는 게 없다며 전부 필요 없다고 단박에 잘라 말한 적도 있었고, 쿠션 색깔이 안 예쁘다며 연한 분홍색으로 바꿔달라기에 밤새워 새 커버를 만들어 갔더니 별로라고 퇴짜를 놓는 등 마음을 힘들게 했던 일들이 떠오른다.

내 경우에는, 그래도 병원에서 수술도 잘됐고, 어머니가 좀 더 살 수 있다는 희망적인 말을 들을 수 있었지만, 지금 이 부인에게는 남편이 시한부라는 감당할 수 없는 시간만

이 남아있을 뿐이다. 내가 공감한다는 건 턱없이 모자란 것일지도 모른다.

수녀님의 말처럼 생떼를 쓰는 것도, 그 생떼를 받아주는 것도, 상처를 주는 것도, 상처를 받는 것도 모두 살아있다는 증거라면 더는 성화도 부리지 않는 어머니가 내겐 애처로워 보일 뿐이다. 지금 어머니는 도리어 호스피스에서 죽음을 기대하고 있는 사람처럼 보이기도 한다.

"밥이 맛없다고 불평하는 환자는 살아있는 것을 즐기고 있는 거예요. 불평한다는 건 커뮤니케이션이지요. 제멋대로라는 건 솔직하다는 것이고 듣는 쪽에서 보면 속이 빤히 보이니까 귀엽기도 해요. 억지를 부린다는 것은 주위 사람의 애정을 확인하고 싶다는 거예요." 간호팀장이 말했다.

무엇을 먹어도 맛있다는 어머니의 식사는 일단 식재료를 전부 으깨어 원래의 형태로 빚어 젤라틴으로 묽게 굳힌 것이다. 당근 모양을 한 당근 맛 젤리가 어머니에게는 재미있는 모양이다. 실제로는 이미 맛을 못 느끼지만, 어머니는 눈으로 보며 즐기고 있다. 식욕과 마찬가지로 더 이상 귀찮게 할 힘도 남아있지 않는 어머니가 이렇게라도 좋아하는 모습을 보는 것이 나에게는 큰 위안이다.

휴게실에서 가끔 얼음 가는 소리가 들려온다. 휴게실에는 커피 메이커, 홍차와 녹차, 그리고 차에 곁들이는 과자도 있다. 제빙기는 조작이 간단해서 언제든 누구라도 얼음을 만들 수 있다. 식욕이 없는 환자에게 빙수는 중요한 수분 공급원이 되기도 한다.

한번은 고열로 괴로워하는 어머니에게 빙수를 조금 떠서 입에 넣어드렸더니 "아, 맛있어"라며 눈을 번쩍 떴다. 그때부터 어머니는 자주 빙수를 먹고 싶어 했다. 어머니가 "빙…"이라고 중얼거릴 때마다 나는 신이 나서 휴게실로 날아가 빙수를 만든다. 조금 거칠게 간 얼음 가루에 시럽을 듬뿍 뿌려서 가져가면 어머니는 기력 없는 손으로 숟가락을 쥐고 자기 힘으로 얼음을 먹는다. 입 안에서 잠깐 시럽의 단맛을 즐기고 나서 아직 덜 녹은 얼음 조각을 오도독오도독 힘 있게 깨물어 먹는다. 그 소리에 나는 깜짝 놀란다. 어머니는 살아있다. 얼음 깨무는 소리에 안도한다.

언젠가 얼음 가는 기계를 먼저 쓰고 있는 사람이 있었다. 얼음이 준비되길 기다리면서 남편을 간호하고 있는 그 부인과 이야기를 나눈 적이 있다. 그녀도 남편이 얼음을 깨무는 소리에 깜짝 놀란다고 한다. 그러고는 남편이 식사할 때 내는 소리가 늘 듣기 싫었는데 이젠 그 소리조차 사랑스럽다면서 "그렇게 싫어했었는데, 언제까지나 듣고 싶어지다니, 희한하지요"라며 빙수 위에 딸기 시럽을 듬뿍 뿌리고는 먼저 간다는 인사와 함께 휴게실을 나선다.

9

공감은 약의 양을 줄여주는 특효약

입소하고 나서 일주일 동안 밥을 먹는 것조차 힘들어하는 어머니에게 약을 삼키는 것이 가장 성가신 일이 되었다. "어차피 금방 죽을 텐데 약 같은 거 먹고 싶지 않아"라며 진통제조차 먹고 싶지 않다고 할 때가 있다.

그럴 때 히로코 수녀님은 내게 "어머님의 통증은 영혼의 통증이에요. 영혼의 고통에는 공감이 제일가는 약이에요. 다정함을 처방하세요"라고 조언한다. 육체의 통증은 약으로 덜어줄 수 있고, 마음의 고통은 생각을 바꿈으로써 가볍게 해줄 수 있을지도 모른다. 하지만 영혼의 고통은 약이나 생각으로는 어찌할 방도가 없는 것이다.

어머니가 아프다고 할 때, 그 고통이 육체의 고통인지, 마음의 고통인지, 영혼의 고통인지 잘 모르지만, 수녀님이 가르쳐 준 대로 내 안에 있는 다정함을 총동원하여 어머니의 이야기에 공감하고 아픈 곳을 문질러 주고 있다.

공감이 약의 양을 줄여주는 특효약이라고 알려준 수녀님은 최근 '사목적 돌봄pastoral care' 공부를 시작했다고 한다.

"환자분이 말하는 것에 이의를 제기하거나 저의 가치관을 강요하지 않는 것이 가장 중요하다고 하더군요. 이야기를 듣고 공감하는 것이 환자에게는 약보다 더 효과가 있다고 해요."

히로코 수녀님은 사목적 돌봄에 대해 나에게 성심껏 설명해 준다.

'사목적 돌봄'이란 pastor, 곧 '목자'라는 의미의 단어를 어원으로 하는 표현으로 '영적 돌봄spiritual care'이라고도 한다. 목자가 양을 목숨 걸고 돌보듯이 종교의 유무와 관계없이 약이 듣지 않거나 수술도 불가능한 질병과 통증에 시달리는 사람들의 영혼을, 정성을 다하여 이해하고 공감하는 돌봄을 의미한다고 한다.

"어머, 수녀님, 지금부터 새롭게 공부하시는 거예요?"

내가 물었다.

"맞아요. 여태까지 저는 환자분이 계신 곳에 가서 수다만 잔뜩 떨고, 아, 즐거웠다, 그럼, 이만, 그뿐이었어요. 그래선 안 되겠다는 생각이 들어서요."

수녀님은 사목적 돌봄 강습을 받기 위해 비행기를 타고 먼 곳까지 가기도 하고 책을 읽거나 보고서도 제출해야 한다고 했다.

"대단해요, 수녀님." 내가 연신 감탄하자 눈을 감고 있던 어머니가 느닷없이 "아, 제대로 공부했다"라며 눈을 떴다. 어머니는 인생이란 배움의 시간인데, 당신은 공부를 엄청 많이 했단다.

"정말, 부러워요. 이제 곧 졸업이네요." 수녀님이 어머니의 말을 거들자, 어머니는 조금 의기양양한 얼굴로 "네, 공부를 잔뜩 했으니까요"라며 씩 웃는다. 수녀님은 정말로 부러운 듯이 "대단해요, 애썼어요" 하면서 내 쪽을 돌아보고는 "나도 아직 멀었는데 미키 씨는 더 멀었네요"라며 말을 쓱 던진다. 어머니는 웃으며 힘내라고 말하고 다시 잠 속으로 빠져들었다.

아직도 인생 공부가 많이 남아있는 내게 두 히로코의 모습은 매우 눈이 부셨다. 두 사람이 부러우면서도 두 히로코 사이에서 어린아이와 같은 기분으로 있을 수 있어 기뻤다.

약간 흐리고 쌀쌀한 날 오후, 어머니가 돌연히 "아, 위험해, 부딪힐 것 같아"라고 소리치며 잠에서 깨어났다. 무슨 일이냐고 물었더니 "배가 충돌할 뻔했어. 아, 위험했어"라고 말하고 어머니는 다시 잠이 들었다.

다음 날 아침, 고토 열도*에서 바다를 건너 어머니를 만나러 온 삼촌이 병실에 들어서자마자 꺼낸 말은 "어젠 정말 위험했었어"였다. 어머니가 무척 좋아하는 남동생인 삼촌은 어제 오후 작은 낚싯배로 바다에 나갔다가 거대한 바위에 부딪힐 뻔했다는 것이다. 갑자기 바다에 안개가 끼었다가 순식간에 사라졌는데, 그때 삼촌 배가 충돌하기 직전이어서 얼른 방향키를 꺾어 위기를 면했다는 것이다.

그 이야기를 들으며 꾸벅꾸벅 졸고 있는 어머니를 대신해 어제 어머니가 했던 말을 삼촌에게 들려주었더니, "그랬구나. 누님이 나를 보고 있었구나" 한다. 그러고는 "아, 맞다. 그 바위에 십자가가 서있었어"라고 갑자기 생각난 듯 말했다.

*
나가사키 서쪽의 140개 섬으로 이루어진 군도이다.

고토 열도에는 성당이 많고 십자가도 눈에 띄는 곳마다 세워져 있다. 삼촌은 "누님이 나를 구해준 거구나", 연신 고마워하며 감탄했다.

삼촌이 돌아간 후 수녀님에게 그 이야기를 했더니 "와, 대단해요. 어머님이 어제 하셨던 말씀이 폭풍을 멈춘 거였군요" 하며 놀라워했다. 그날 오후, 또 잠에서 깬 어머니는 "사막에 갔다 왔어. 분쟁지역이었어. 슬펐어. 프랑스가…"라며 말끝을 흐렸다.

나는 몰래 구글에서 검색해 보고, 사막은 사하라 사막을 말하는 것이고 분쟁이란 북부 말리 분쟁을 의미하는 것이 아닐까 짐작했다.

"오늘은 어디에 다녀오셨어요?"

어머니에게 진지하게 물어보는 수녀님은 어머니의 영혼이 날아서 다녀온 곳의 이야기를 듣고 난 후, "하느님의 시간은 무한이거든요. 하느님 계신 곳이 가까운 사람은 시간여행이나 공간 이동을 할 수 있어요"라고 내게 말했다.

꿈속에서 여행을 다녀온 어머니가 "콘도르 등에 탔어요"라고 말하자, 수녀님은 곧바로 "남미에?" 하고 묻는다. "맞아요, 그거 있잖아요. 붉은색에 한쪽 다리로 서있는 예쁜 게 있었어요.”

어머니의 말에 수녀님은 “물벼룩이요?” 한다. 물벼룩이라니…. 내가 쿡쿡 웃고 있는데, 두 사람은 계속 그 붉은 것의 이름을 머릿속에서 더듬거리며 찾고 있었다. 잠시 후 어머니가 “플라밍고였어요!”* 하고 생각해 내자, 두 사람은 서로 깜빡깜빡하는 것이 우스운 듯 언제까지고 깔깔대며 웃었다.

지금 어머니는 갑자기 어린아이로, 처녀 시절로 돌아가기도 하고, 아내가 되었다가 엄마가 되었다 하며 여러 시대를 오가고 있다. 어머니 살아생전에 함께 이 나라 저 나라 여행 가지 못했다는 나의 미련과 후회는, 육체가 가지 못할지라도 영혼이 여행한다는 생각에 이르자 점점 엷어져 갔다.

“정말 예뻤어.” 오로라를 보고 왔다는 어머니를 바라보며 나는 육체의 부자유함을 느낄 정도였다. 비행깃값을 들이지 않고도 세계 여행을 하는 어머니가 부럽다고 진심으로 생각했다.

* 물벼룩의 일본어 발음이 ‘미징코’여서 ‘플라밍고’와 어감이 비슷하다.

10

역할에서 내려와 보세요

아버지는 날마다 어머니 병실에 불쑥 찾아온다. 어머니가 집에 없는 생활이 시작되고 나서야 비로소 곧 닥칠 어머니의 죽음을 실감하고는 험상궂은 표정 대신 슬픔이 가득한 얼굴로 바뀌었다.

"네가 와줘서 다행이다. 네 엄마가 좀 더 살 수 있을 거라 생각했는데…."

아버지는 이렇게 내게 말했다. 나는 아버지한테서 그런 말을 들을 줄은 상상도 못 했기에 나도 모르게 진심 어린 사과가 우러나왔다.

"아니에요, 아버지. 정말 애쓰셨어요. 많이 힘드셨을 거예요. 나도 엄마 생각만 할 게 아니라 아버지 생각도 해야 했는데, 죄송해요."

아버지와 떨어져 있으니 아버지의 슬픔이 새삼 느껴졌다.

주말에 온 여동생이 어머니에 대해 이런 얘기를 했다.

"언니, 내가 영적으로 좀 특별한 사람을 알고 있는데, 그 사람한테 물어보니까 엄마의 몸은 이미 멈췄지만 의지만으로 살아있는 거라고 하더라."

여동생은 그런 쪽으로 생각하기를 좋아한다.

아버지와 어머니, 여동생과 어머니, 나와 어머니, 우리 각자가 보는 어머니의 모습과 성격은 그 관계성에 따라 조금씩 차이가 있다. 아버지와 있을 때는 너그럽고 자상한 아내, 여동생과 있을 때는 꽤 장난스러운 엄마, 나와 있을 때는 "너는 자유롭게 살렴"이라는 말을 반복하는 엄마다.

어머니와 헤어지기 직전에야 알게 된 어머니의 다면성에 놀라는 나를 보고 수녀님은 지극히 당연하다는 듯이 말했다.

"어머, 누구나 다 그래요. 대면하는 상대에 따라 연기하는 역할이 다른 거지요. 누구나 역할 행동을 하고 있는 거예요. 스스로 만들어 낸 역할이요."

누구나 똑같이, 처음으로 어머니가 되고 아버지가 되며, 아들딸이 되고, 손주가 되어 처음 겪는 인생을 살아간다.

그렇기 때문에 우선은 자신의 역할을 짊어지고, 자기 나름대로 생각하는 '어머니란, 아버지란, 딸이란 이러이러해야 한다'는 의식을 가지고 살아간다.

아버지에게 어머니는 느긋하고 마음이 넓으며 항상 아버지의 자유를 존중해 주는 상냥한 아내였을 것이다. 아버지는 열심히 일하면서 즐기는 사람이었기 때문에 거의 집에 없었다. 아버지 말에 별다른 토를 달지 않는 어머니였기에 나에게 아버지는 자기 맘대로 사는 사람처럼 보였다. 아버지는 퇴직 후, 어머니와 둘이서 여행하며 느긋이 살고 싶었지만 그 꿈은 어머니의 병으로 이루지 못했다. 지금 아버지는 어머니와의 시간을 좀 더 소중히 여겼으면 좋았을 텐데 하며 후회하고 있다.

여동생에게 어머니는 깍쟁이처럼 귀여운 면이 있는, 재미있는 엄마였다. 여동생은 내게, 엄마가 언니와 나한테 하는 말이 다르니까 엄마 말을 너무 곧이곧대로 믿어서는 안 된다고 했다. 동생은 이혼한 후 중학생 아들을 혼자 키우며 작은 카페를 운영하고 있고, 새로운 친구도 생겨 생활에 별 걱정 없이 남부럽지 않게 살고 있다. 어머니는 늘 동생에게,

언니처럼 어리숙하게 살지 말고 똑바로 현실을 보라고 말했단다. "그래서 나는 손해 보며 살지 않아." 동생이 우쭐거리듯 말했다. 분명히 나는 사람에게 잘 속기도 하고 꿈만을 좇다가 돈에 쪼들리기도 한다. 어머니가 나에게 열심히 살다 보면 언젠가 좋은 일이 있을 거라고 항상 격려해 주던 말을 떠올리며, 어이가 없어 피식 웃고 말았다.

내 눈에 비친 어머니는 항상 참고, 자기가 하고 싶은 것을 못 하고 사는 사람이었다. 처음 암이 발병했을 때 어머니는 나에게 아버지 때문이라고, 늘 참고 지내왔기 때문에 암에 걸린 거라고 푸념했었다. 나도 어느 정도는 그렇게 생각했다. 그러나 최선을 다해 병간호하는 아버지를 보면서 언제 불평했냐는 듯 고마워하는 어머니를 보며 부부란 이런 건가 하는 생각이 들었다.

이별 준비를 하고 있는 어머니를 위해 가족끼리 모여서 지난 이야기들을 나누고 있는 지금이 신기할 정도로 평화롭다. 그렇구나, 어머니는 그런 식으로 생각하고 있었구나. 이야기꽃을 피우다 보니 어머니에 관해 새로운 사실을 발견하기도 하고, 나 자신의 새로운 모습을 발견하기도 한다.

어머니와 우리 각자의 새로운 모습에 함께 울고 웃는 시간이었다.

여동생이 온다고 한 날, 나는 병원 밖으로 나가 큰맘 먹고 비싼 도시락을 세 개 사 왔다. 어머니 저녁 식사 시간에 병실에서 아버지, 여동생과 함께 먹으려는 생각이었다.

고급스러운 도시락을 삼 단으로 쌓아두고 여동생과 아버지가 오기를 기다렸다. 이윽고 두 사람이 왔다. 나는 저녁 시간까지 여유가 있어서 아버지와 동생을 병실에 두고 베란다로 가 세탁기도 돌리고, 복도에서 수녀님과 이야기도 하고, 휴게실에서 친해진 다른 입소자의 가족들과 담소도 나누었다.

그때 어머니 병실에서 나온 아버지가 집에 가서 먹겠다며 도시락을 하나 들고 가버렸다. 곧이어 여동생도 집에 가는 시간이 늦어진다며 도시락을 갖고 갔다. 병실에 들어가 테이블 위에 도시락 한 개만 덩그러니 남아있는 걸 보니 허탈감과 실망감이 밀려왔다. 잠든 어머니가 "또 혼자 생각만으로 너무 앞서가다가 허탕 쳤구나"라고 말하는 듯했다.

나는 가족 모두 같이 이야기하며 밥을 먹고 싶었지만,

아버지에게는 어머니 옆에서 밥을 먹는다는 것이 너무 슬픈 일이었는지도 모르고, 여동생에게는 귀가를 기다리는 가족이 있다.

우리는 각각 다른 생각을 가지고 있다. 가족이라고 모두 같은 생각이어야 하는 건 아니다. 우리는 각자의 생각대로 어머니를 보고 있는지도 모른다. 그러나 그 모습 전부가 어머니이고, 우리 각자가 어머니에 대해 생각해 온 것이 그저 착각에 불과할지도 모른다는 생각도 든다. 지금 눈앞에서 죽음을 기다리고 있는 어머니는 우리가 처음으로 알게 된 '히로코'인지도 모른다.

어머니는 날마다 당신을 빨리 잊으라고 말한다. 잊혀야 비로소 죽은 게 되는 거라면서. 그러고는 "이제야 공부 시간이 끝나가네"라며 아주 홀가분한 표정으로 행복했다고 웃음 짓는다.

"네 인생도, 남편이 빨리 죽은 거 말고는 대체로 행복하네, 그렇지?"

어머니는 내 첫 남편과의 사별을 하나의 결혼 이력처럼 말한다. 내가 두 번째 남편과 이혼한 것은 아무래도 어머니에게는 그 이력에 포함되지 않는 듯하다.

딸이라는 필터를 거치지 않고 바라본 '히로코'라는 여성은, 한 인간으로서 매우 용감하고 재미있는 사람이었다. 어머니는 인생의 마지막을 자기답게 살고 있는지도 모른다. 다만 '~다움'이란, 관계 속에서 상대방에 따라 다양한 모습을 띠기 때문에 간혹 혼란스럽기도 하지만, 누구나 다양한 '자기다움'을 가지고 있다고 생각하면 의외로 쉽게 이해할 수 있을지도 모른다.

시간과 장소, 상대에 따라 변하는 것이 '~다움'의 정체라면, 사람은 남편, 아내, 아버지, 어머니, 딸, 아들 등 일단 그 명칭에 부합하는 역할을 '~답게' 수행하며 살게 된다. 그 명칭으로 인해 짊어지는 역할은 죽을 때야 비로소 메고 있던 짐을 내려놓듯이 벗어던질 수 있고, 모든 '~다움'에서 자유로워질 수 있는 건지도 모른다. 인생의 마지막 시간에 모든 '~다움'을 벗어버린 사람 곁에 있으려면 그 사람도 지금까지의 역할과 관계성에서 벗어나야 하지 않을까?

미국의 원주민 사이에서는 병에 걸리면 그의 이름이 바뀐다는 얘기를 어떤 강연회에서 들은 적이 있다. 병을 얻으면 인격도 변하므로 이름을 바꾸고 처음 만난 사이처럼 그 사람을 대한다는 것이다.

흔히 병 때문에 사람이 변했다고 한탄하는 가족들을 만나기도 한다. 변화를 당연한 것으로 생각하고 새로운 사람과 마주하는 기분으로 대하는 것은 어떨까?

원주민들 사이에서는 치매에 걸린 사람을 '한층 더 높은 차원에 다가간 사람'이라고 부른다고 한다. 히로코 수녀님이 이야기한 '천국의 언어를 아는 사람'이라는 말과 같은 의미일지도 모르겠다.

11

한자를 바꿔서 생각해 보세요

어머니는 지금, 여행을 떠나려 하고 있다. 남겨진 우리는 무척 당혹스럽지만 배웅할 수밖에 없다.

자유롭게 여행을 가려는 어머니와 대조적으로, 아버지도 나도 여동생도, 어머니에게 좀 더 이렇게 했었으면, 그런 말을 하지 않았으면 좋았을 텐데 하는 지난날의 후회로 마음이 무겁다. 그 후회들은 어머니가 떠난 후에 수면 위로 올라와 우리를 괴롭힐 거라는 걸 알고 있다. 아무리 노력해도 소중한 사람을 잃고 난 뒤 어김없이 그러한 날들은 찾아온다.

내가 그런 생각을 하는 이유는 첫 남편을 갑작스럽게 사고로 잃고 이별을 맞닥뜨린 후, 나중에 시간이 지나면서 하나하나 후회가 되고 마음이 너무 괴로웠기 때문이다. 예기치 못한 사고라 내 책임이 있을 리 만무하지만, 수년 내내 남편의 죽음이 내 탓이라고, 내가 이기적이어서, 내가 좋아하는 것만 생각해서 남편이 그렇게 된 거라고 자책했었다.

히로코 수녀님은 20여 년 전에 내가 겪었던 일을 귀담아 들어 주셨다.

"먼 남쪽 섬에서 죽은 남편을 비행기로 이송할 때 그 사람 몸에서 풍기던 죽음의 냄새가 지금 어머니 몸에서도 나요."

나는 그만 솔직하게 말해버렸다.

"그렇겠죠. 어머님 몸은 차갑게 식어가고 있거든요. 하지만 그래도 아직 살아계신 것은 이번이야말로 미키 씨가 남편에게 하지 못했던 작별 인사를 어머니한테는 제대로 할 수 있도록 하려는 건지도 몰라요."

수녀님은 내 등에 가만히 손을 올리며 말했다. 순간 그럴지도 모르겠다는 생각이 들었다.

갑자기 수녀님이 뭔가 생각났다는 듯 말했다.

"'후회'를 잊는 방법은 '항해'*, 그리움을 '소화'하는 것은 '승화'**, 한자를 공부해 두면 도움이 된답니다. 저는 다른

* 일본어에서 '후회'와 '항해'는 동음이의어다.

** 일본어에서 '소화'와 '승화'는 동음이의어다.

나라 말은 모르지만, 일본어란 게 참 신기해요. 발음은 같은데 의미가 다르잖아요. 하지만 잘 생각해 보면 발음이 같다는 건 어쩌면 의미가 같다는 것일지도 모른다는 생각도 들어요. 후회만 하고 있으면 앞으로 나아갈 수가 없잖아요. 그럴 때는 한자를 바꿔서 '후회'를 '항해'로 하면 되는 거예요. 진짜 여행을 떠나는 게 아니더라도 새로운 방향으로 향하는 것은 가능하잖아요. 이런저런 그리움을 꼭꼭 씹어서 소화하는 것도 그리움을 승화시키는 게 아닐까요? 한 가지 생각에 사로잡혀 있으면 언제까지나 변비 증세처럼 속이 답답하지요. '사로잡힌다'라는 단어도 사람이 갇혀있는 한자처럼 그런 의미로 쓰잖아요.* 그 울타리를 치워야 해요."

히로코 수녀님은 매일 아침, 신문의 한자 퀴즈를 풀면서 그 단어가 가진 의미에 대해 생각해 본다고 한다.

남겨진 이들에게 있어 소중한 사람이 세상을 떠난 후 파도처럼 밀려오는 후회와 슬픔은 언젠가 항해를 떠나는 것으로 승화되는 것일까? 나는 남편을 사고로 잃은 후 새로운

*
한자 囚(가둘 수)를 의미한다.

인생의 항해를 떠났고 조금씩 후회를 잊게 되었는지도 모른다. 내게 찾아온 운명을 받아들이고 소화하여 승화시켜 온 건지도 모른다.

수녀님은 호스피스에 연수를 온 간호학과 학생들에게 한 자 문제를 낸다고 한다. '환자患者'라는 단어에서 무엇을 상상할 수 있는지 물으면 '마음[心]이 꼬챙이[串]에 꿰어있는 사람'이라고 답하는 학생이 많다고 한다. 그러면 수녀님은 "그럼 정말 아프겠네요. 그런 환자분들의 고통을 헤아리고 공감하는 것이 여러분의 일이랍니다"라고 가르친단다.

본래 간호사라는 직업이 생기기 전, 전쟁 등에서 부상당한 사람들을 곁에서 돌보는 일은 수녀들이 했었다고 하니, 히로코 수녀님이 간호부장을 맡고 있는 이곳이 본질에 충실한 호스피스라는 생각이 들었다.

호스피스hospice의 어원은 라틴어 '호스피티움hospitium'이라고 휴게실에 놓여있는 어느 책에서 본 적이 있다. 중세 유럽 당시, 순례 도중에 탈진하거나 병에 걸린 여행자들에게 수도원에서 식사와 하룻밤의 잠자리를 제공했던 데서 유래되었다고 한다. 또 하나의 어원으로 '손님, 이방인'이라는 의미의 호스페스hospes라는 단어에서 병원hospital, 호스텔hostel, 주인/주최자host, 여주인hostess 등 친절하게 다른 사람을 대접하는 직종의 단어가 파생되었다고 한다. 분명히 어머니도 나도, 여동생도 아버지도 이곳에서 친절히 대접받고 있다는 느낌이 든다.

호스피스에 왔을 당시, 어머니에게 아무것도 해줄 것이 없었던 내게 수녀님은 이렇게 말했다. "미키 씨는 지금 아무것도 안 하고 있는 게 아니라 '곁에 있는 일'을 하고 있는 거예요."

아무것도 해줄 수 없다는 무력감에 애를 태우던 나는 '곁에 있는 일'을 하고 있다는 말을 듣고, 조금은 그 기분에서 벗어나 편안해졌다. 여러 의미의 '樂'(락/낙/악/요)은 즐겁다는 뜻으로도 쓰인다. 머지않아 떠날 가족을 간호하는 것을 즐길 수 있을 정도로 달관할 수 있다면 좋겠다는 생각이 든다.

히로코 수녀님과 이야기를 나누다 보면 내 안에 꽁꽁 묶였던 생각이 점점 풀려간다. 꼭 선문답 같은 대화를 나누는 느낌이 들 때도 있지만, 점점 약해지는 어머니를 지켜보는 것이 더 이상 괴로운 일이 아님을 깨닫는다.

병실에서 어머니와 수녀님이 큰 소리로 웃으면서 이야기하는 모습을 바라본다. 온화하게 흐르는 시간 속에서, 어쩌면 시간이라는 건 편의상 흐르는 것일 뿐 지금 어머니처럼 자유자재로 좋아하는 시간으로 의식을 돌리는 것만으로도 그 시간이 살고 싶은 '지금'이 되는지도 모른다.

이런 생각을 하며 나는 지금 어머니 곁에 있다. 곁에 있는 것밖에는 할 수 없는 게 아니라 곁에 있는 것을 할 수 있다. 1분 1초를 소중히 여기며 여기에 있다. 그걸로 충분하다.

12

어머니의 영화를 함께 즐기세요

고요한 호스피스에서 어머니는 인생의 수많은 순간에 대해 시간 순서를 뒤죽박죽 섞어 말한다. 이를 본 히로코 수녀님은 이렇게 말했다.

"사람의 일생은 영화 같은 거예요. 옛날 일을 말하는 건 우리가 보고 온 영화의 줄거리를 누군가에게 얘기하는 거랑 비슷한 거예요. 어머니의 영화를 같이 즐기세요."

내가 태어났을 때 정말로 기뻤다는 어머니의 말에 눈물이 왈칵 나려고 할 때쯤, 어머니는 벌써 동네의 맛있는 카레 가게에 가있다. 어렸을 때 여동생을 데리고 자주 드나들던 이비인후과 옆에 있는 가게다.

한번은 어머니가 캡슐 약을 열려고 힘이 들어가지 않는 손으로 안간힘을 쓰며 약을 부스러뜨리고 있었다. 치너 시절에 병원 약국에서 약을 포장하는 일을 했다던 어머니의 말에, 옆에 있는 종이를 잘라 건넸더니 종이접기를 하는 것처럼 척척 능숙하게 가루약을 포장했다. 예전에는 없었던 캡슐 약을 열면 가루가 들어있다는 현재의 지식과 과거의 경험이 너무나 자연스럽게 공존하는 게 재미있었다.

이 병실에 앨범은 없지만, 어머니의 어린 시절이나 처녀 시절 사진은 자주 봤었기 때문에 어머니가 말하는 옛날이야기를 들을 때마다 머릿속에서 파노라마처럼 그려진다. 어머니에 대해 내가 아는 것은 철이 들고 나서부터이고, 성인이 되어 집을 나오고 나서는 그 뒤에 일어난 일들과 가끔 만났을 때의 어머니 모습밖에는 모른다. 그래서일까, 지금 병실에서 어머니의 이야기를 들으며 어머니의 인생을 들여다볼 수 있는 이 시간이 소중하기만 하다.

수녀님은 한 번 더 말했다. “한 사람 한 사람의 인생에는 각각의 이야기가 있죠. 저는 수많은 사람의 이야기를 엿볼 수 있어서 행복하다는 생각을 해요. 하물며 가족이나 친구는 그 사람 이야기의 등장인물이니까 당당하게 그 영화를 함께 보면 돼요”라고.

어머니가 자신의 엄마에 대해 이야기를 한다. 외할머니는 누구나 뒤돌아볼 정도로 미모가 뛰어났고, 기가 센 사람이었다. 어딜 가나 주목받는 외할머니 때문에 딸로서 나름의 고충이 있었다는 것을 처음 들었다. 어머니는 항상 외할머니와 비교당하는 기분이 들었고 외할머니만큼 아름답지 않은 자기 자신을 부족하다고 생각했던 것 같다. 하지만 결혼하고 나와 여동생을 낳고 나서야 비로소 외할머니의 굴레에서 벗어날 수 있었다고 웃으며 말했다.

내가 보는 어머니는, 어쩜 이렇게 모든 사람에게 사랑받을 수 있을까 싶을 정도로 인기인이다. 어느 곳에 있더라도 누구나 어머니를 좋아한다. 존재만으로 주위 사람을 편안하게 해주고 미소 짓게 하는 어머니가 신기했다. 머릿속에 있는 생각을 바로 입 밖으로 내는 천진함에 내심 조마조마하긴 하지만, 사람들이 어머니에게 보내는 호의를 옆에서 거저 누리기도 했다. 때때로 어머니처럼 그렇지 못한 나 자신이 밉기도 했다. 어머니의 이야기를 들으며 모녀 관계란 원래 그런 것일지도 모른다고 생각했다.

나는 어머니의 이야기 속에서 소연에 불과하다. 하지만 지금 어머니의 인생이란 영화에서 등장인물로 나올 수 있어 영광으로 생각한다. 나는 마지막까지 내가 맡은 역할을 하려고 한다. 조연의 역할은 주역을 빛나게 하는 것이다. 병간호를 한다는 것은 간호를 받는 사람의 인생을 빛나게 하는 것이다. 어머니의 영화가 끝나면 엔딩크레딧에 내 이름이 올라갈 것이다. 그것만으로 충분하다.

줄곧 어머니랑 병실에 있는 내가 뭘 하고 있는지 간호사들 사이에서 화제가 되고 있는 것 같다. 나는 시장에 식재료를 사러 외출할 때 외에는 거의 병원 밖으로 나가는 일이 없다. 다른 환자들의 가족에게는 일이나 돌봐야 할 아이들, 일상의 일과 때문에 누군가가 내내 환자 곁에 있는 경우가 드물다고 한다.

사실 어머니는 자고 있는 경우가 많고 어머니에게 필요한 돌봄은 대부분 간호사가 해준다. 나는 갖고 온 책도 읽지 않고 소파 베드에서 뒹굴며 그저 멍하니 있을 때가 많긴 하지만, 단 한 가지, 어머니가 하는 말을 한마디도 놓치고 싶지 않다는 마음은 있다. 설령 다른 사람이 듣기에는 전혀 의미가 통하지 않는 말이라 할지라도, 또 앞으로 나의 삶에 어떤 의미를 가져다줄지 모른다 할지라도 나는 어머니 곁에 있으면서 그 말들을 듣고 싶다.

어머니는 "네가 그린 그림도 좋지만, 뭔가 달라. 아마도, 글이 좋아"라고 먼 데를 바라보며 말하기도 하고, "이런 건 있을 수 없는 일이야"라며 곁에 있어줘서 고맙다고 눈물을 보이기도 한다. 때때로 어머니는 내가 듣고 싶은 말을 해준다.

이전에, 아버지 병간호를 위해 직장을 그만두고 도쿄에서 달려온 아들이 병실을 떠나지 않고 지켰다는 이야기를 간호사에게서 들었는데, 아마도 그 아들도 나와 같은 마음이 아니었을까? 아들이 회사에 간병 휴직을 내고 왔다고 아버지에게 거짓말을 했지만, 아버님은 전부 알고 계셨던 것 같다고 간호사들은 말했다. 실은 나도 어머니에게 거짓말을 했다. 괜한 걱정 만들기 싫어서 연인과 헤어진 걸 숨기고 있지만, 아마 어머니는 이미 알고 계셨을 것이다.

부모 곁을 지킨다는 것은 얼핏 보면 효도처럼 생각될 수도 있겠지만, 그저 무모한 자기 욕심일지도 모른다. 그 아들도 틀림없이 나처럼 자기 자신을 위해 아버지의 곁에 있고 싶었던 것일지도 모른다. 아버지가 하는 말들을 듣고 아버지의 인생이라는 영화를 보고 싶었던 것일지도 모른다.

어머니 병실 맞은편 옆 병실에서 아내를 돌보던 어느 남편이, 우리 어머니와 같은 72세에 생애를 마친 사랑하는 아내와 호스피스를 떠날 때 이런 근사한 말을 했다. “이곳에서 보냈던 날들은 신혼여행보다도 더 밀월이었습니다.”

그 남편은 갑자기 발견된 아내의 암이 이미 손쓸 방도가 없을 만큼 매우 심각해서 함께 떠나려 했던 해외여행을 곧바로 취소하고 이곳으로 왔다. 여행을 위해 꾸렸던 짐이 호스피스 입소를 위한 짐으로 뒤바뀌어 버린 것이다.

처음 주방에서 만났을 때, 전자레인지 사용법을 몰라 머뭇거리던 그는 아내가 마지막 여행을 떠날 즈음에는 완전히 전문가가 되어있었다. 나는 그 남편과 마음이 잘 맞아 복도에서 마주치면 선 채로 이야기를 하기도 하고, 함께 싸우는 동지 같은 연대감도 느꼈다.

그는 날마다 아내의 손을 꼭 쥐고 사랑한다고 끊임없이 말했다고 한다. 도쿄에서 달려온 아들과 딸이 시끄럽다고, 조용히 좀 하라고 해도 백만 번은 했을 거란다. 가끔 아내도 웃으며 그만하라고 했지만, 그는 아내와 꼭 맞잡은 손을 놓지 않았단다. 무슨 말이라도 좋으니 아내에게 대답을 들을 수 있는 것만으로도 눈물이 날 만큼 기쁘다고 했다. "나도 사랑해요", 아내가 남편에게 건네는 마지막 인사였다.

"자, 이제 집사람이 없는 현실로 돌아가야겠군요. 어쩔 수 없지." 그는 호스피스를 떠날 준비를 했다. "어떻게든 힘을 내봐야지", "좋아, 어떻게든 해보자." 혼잣말을 중얼거리며 딸과 비슷한 연배의 나에게 연장자로서 어른다운 모습을 보여주려고 애쓰는 듯했다.

그는 이쪽으로 갔다 저쪽으로 갔다 호스피스 실내를 서성거리다가 드디어 결심이 선 듯 "그럼, 먼저 가겠습니다" 인사하고는 떠났다. 나는 아내 잃은 자상한 남편의 쓸쓸한 뒷모습을 배웅했다. 주방이나 휴게실에서 열흘 정도 같은 심정으로 같은 시간을 보냈던 이와의 이별에 마음이 쓰라렸다.

나는 어머니의 이야기 속에서 조연에 불과하다.

어머니의 영화가 끝나면 엔딩크레딧에 내 이름이 올라갈 것이다.

그것만으로 충분하다.

13

괴로울 때는 상상력을 발휘해서 즐겨보세요

날이 저물 무렵, 가을 내음으로 바뀐 바람이 스르륵 들어와 피부에 닿는 냉기를 느끼며 창문을 살짝 닫았다. 그 모습을 멍하니 바라보고 있던 어머니가 "슬슬 목욕할까?"라고 말했다. 별 뜻 없이 한 말일 테지만, 어머니가 내게 살갑게 말을 거는 것처럼 들려서 순간, 마음이 뭉클했다.

"슬슬 목욕할까?"

이 말은 마법의 주문이 되어 순식간에 나를 40여 년 전 어느 저녁으로 이끌었다. 그곳에는 놀랄 만큼 젊은 어머니와 어린 나의 모습이, 그리고 갓 태어난 여동생이 있었다. 두려울 것 하나 없던 시절의 초가을 저녁 풍경이 내 눈앞에 선하게 그려졌다.

나는 작은 마당에서 코스모스가 바람에 흔들리는 모습을 보고 있다. 부엌에서 가지 볶는 냄새가 공중에 떠다니고,

낭랑한 어머니의 콧노래와 멀리서 아이들 노는 소리가 들려오고, 이웃집 개도 짖고 있다. 우리 셋이서 느긋하게 목욕을 하고 저녁을 먹는다. 저녁을 먹은 후에 반쯤 물기가 마른 어머니 머리에 헤어롤러 마는 것을 도와주고 어머니랑 둘이서 여동생을 달래가며 아버지의 귀가를 기다린다. 나는 더없는 행복감에 휘감긴다.

"내 정신 좀 봐, 목욕은 이제 무리지."

우스운 듯 말하는 어머니의 목소리에 정신을 차리고 보니 호스피스 병실 침대에 조용히 누워있는 어머니가 눈에 들어온다. 나는 현재로 돌아온다. 한순간, 시간을 초월했다 돌아온 탓인지, 모르는 사이에 딱딱하게 굳어있던 나의 겉껍질이 빠지직빠지직 갈라지기 시작하더니 말캉한 속 알맹이가 흘러넘쳐 버릴 것 같다. 나는 허둥지둥 방을 나와서 있는 힘을 쥐어짜 크게 심호흡을 했다.

"엄마가 목욕을 하자고 해요. 이제는 할 수도 없으면서…."

그렇게 중얼거리며 복도에서 침울해하는 내 모습을 본 간호사들이 의사 선생님과 상담을 하더니, 침대에 누운 채로 목욕할 수 있는 다른 병동의 욕실을 예약해 주었다.

이튿날 아침, 이것이 어머니의 마지막 목욕이 될 거라는 생각에 금방이라도 울 듯한 내게, 히로코 수녀님은 "어머나, 모녀가 함께 노천 온천이라니. 좋은데요"라고 말했다. '그렇지, 그런 마음으로 가야지.' 이렇게 마음을 먹고 천천히 어머니 침대를 밀어주는 간호사들과 함께 엘리베이터를 타고 욕실로 대이동을 했다. 그 모습을 지켜보던 수녀님의 목소리가 들려온다. "괴로울 때는 상상력을 발휘해서 즐겨보세요. 즐거운 일을 생각해 내는 거예요."

아닌 게 아니라 욕실에 있는 커다란 창문을 활짝 열면 병원의 푸르른 정원이 한눈에 들어와 노천 온천처럼 보이기도 한다. 의료기기의 진화는 정말 대단한 것이어서 뭐든지 자동으로 작동한다. 간호사들이 어머니를 옆에 놓인 다른 침대로 옮기자, 그 침대가 그대로 욕조에 들어가 바로 물에 몸을 담글 수 있는 구조로 되어있었다.

환자복을 벗고 부끄러워하는 어머니에게 간호사들은 "여긴 온천이잖아요"라며 웃는다. 나는 간호사들에게 방해가 되지 않도록 주의하면서, 가끔 흐르는 눈물을 욕조 물로 닦아내며 어머니 옆에 앉아있었다. 옷을 흠뻑 적셔가며 어머니와 함께 따듯한 물에 몸을 담그고 창밖 풍경을 보면서, 여기는 온천이라는 공상에 빠져본다.

어머니의 야윈 몸을 바라보며 나도 모르게 건강했던 때의 어머니를 떠올린다. 어머니는 살집이 있는 몸은 아니었지만, 지금보다는 20킬로그램 이상 체중이 더 나갔을 것이다. 언제 이렇게 야위었을까? 어머니와 마지막으로 온천에 간 게 언제였을까? 그만 감상에 빠져버릴 뻔했지만, 지금은 온천에 있는 듯한 기분을 느끼는 것이 중요하다.

좀 더 정신력을 발휘하여 노력해 보자. 수녀님이 말했듯이, 즐거운 일을 생각하고, 웃을 수 있는 일을 생각할 것, 괴로울 때는 상상력이 든든한 버팀목이 된다.

어머니는 눈을 감고 물에 잠겨 몇 번이나 "목욕하니 기분 좋구나"라고 꿈꾸는 듯 말했다. 그날 밤, 나는 오랜만에 깊은 잠을 잘 수 있었다.

14

지금은 용서할 수 없어도 괜찮아요

고왔던 어머니는 부쩍부쩍 야위어 가고 쇠약해지는 자신의 모습을 다른 사람들에게 보여주고 싶어 하지 않았다. 호스피스에 누군가가 병문안 왔을 때는 누가 왔는지 알려달라고 했다. 만나고 싶지 않다기보다 지금의 당신 모습을 보여주고 싶지 않은 것이리라. 어머니의 친구들은 그런 어머니의 생각을 익히 알기 때문일까, 나에게 줄 도시락까지 챙겨오면서도 어머니 병실에는 굳이 들어가려 하지 않았다.

어머니가 돌아가시기 사흘 전, 마지막으로 잠깐이라도 보고 싶다며 아버지 쪽 친척들이 병문안을 왔다. 어머니에게 그 뜻을 전했지만 만나고 싶지 않다고 했다. 마지막으로 한 번 보고 싶다는 사람의 심정도 모르는 건 아니지만, 같은 여자로서 어머니의 심정도 너무나 이해가 됐다.

먼 지방에서 온 친척들에게 지금 어머니 상태가 좋지 않으니 그냥 가시는 게 좋겠다고 양해를 구했으나, 아버지와 친척들은 무슨 바보 같은 소리를 하는 거냐며 병실로 들어가려 했다. 나는 울면서 그들을 막아선 채 마음만 감사히 받겠다고 만류했지만, 화가 난 아버지는 "먼 걸음 하고 와준 사람들을 쫓아내다니, 그게 사람이 할 짓이냐?"라며 나를 몰상식한 사람으로 몰아붙였다.

휴게실에서 옥신각신 싸우고 있는 우리를 다른 환자의 가족들이 보고 있다가 우리에게 다가와서는 "가능한 한 환자분 의향을 존중해 주세요"라며 아버지와 친척들에게 말했다. 하지만 그들에게 그런 건 비상식적인 일이었다. 마음 속에서 아버지와 친척들을 향한 분노가 불같이 타올라 나는 어찌할 바를 모르고 울기만 했다.

악의는 없지만 생각 없이 말을 하는 사람들이 있다. 병 때문에 살이 빠진 사람에게 "아이고, 어떻게 이렇게 야위었어. 불쌍해라"라는 말은 해선 안 될 말인 것 같은데 그것은 내 생각일 뿐이고, 그렇게 생각하지 않는 사람도 있다.

친척들은 나를 뿌리치고 성큼성큼 병실로 들어가 어머니에게 하지 말았으면 하는 말들을 몇 번씩이나 했다. 아버지도 "그러게, 그러게. 너무 딱하지"라고 몇 번이나 말했다. 더는 듣고 있을 수가 없어 울면서 복도로 나온 나는 히로코 수녀님과 딱 마주쳤다.

"무슨 일이에요?"

수녀님이 걱정스럽게 물었다.

"아버지를 도저히 용서할 수 없어요."

나는 떨리는 목소리로 대답했다.

그러자 수녀님은 "응, 괜찮아요. 어차피 죽을 때 용서할 테니까요"라며 내 어깨를 살며시 잡아주었다.

수녀님의 말에 퍼뜩 정신이 들면서 나 자신의 옹졸함을 깨달았다. 왠지 이상한 기분이 들어 눈물도 나오지 않았다. 쇠약해진 모습을 남에게 보이기 싫을 거라고 어머니의 기분을 다 아는 것처럼 잘난 듯이 생각했지만, 실은 보이기 싫다는 것은 내 짐작이었을지도 모른다. 줄곧 곁에 있는 내 마음을 헤아린 어머니가 내게 동조해 준 것인지도 모른다. 어머니는 계속 눈을 감고 있지만 모든 것을 이해하고 아버지도, 친척들도, 나도 이미 용서했을 거라는 생각이 들었다.

어머니 병실 옆의 옆 병실 환자가 큰 소리로 죽고 싶으니 빨리 죽게 해달라고 난리를 부렸다. 간호사와 의사들만으로는 어찌할 방도가 없었는지 히로코 수녀님이 호출된 것 같다. 나는 복도로 나와 몰래 귀를 기울이며 수녀님이 그 환자에게 무슨 말을 하는지 가만히 듣고 있었다.

한참 동안 그 환자의 불만과 불안, 하소연을 듣고 있던 수녀님이 그에게 속 시원한 제안을 했다.

"어머, 그렇게 죽고 싶으시면 좋은 날을 잡아보면 어때요?"

그러자 잠시 정적이 흐른 뒤, 그는 "그렇군. 일진 좋은 날을 잡아서 죽을까? 오늘은 대길일大吉日인가? 죽기에는 언제가 좋을까?" 언제 그랬냐는 듯 호탕하게 웃어넘겼다.

그 병실에서 분노와 공포, 불안이 순식간에 사라졌다는 것을 알 수 있었다. 보이지는 않지만, 그 병실에 온화한 공기가 충만해졌음이 분명하다. 환자도 진정되었다.

분노는 살아가기 위한 에너지라고 수녀님이 알려준 적이 있는데, 분노가 사라지면 죽을 날이 다가오고 있는 걸까?

살며시 병실로 돌아오니 어머니에게도 그 소리가 들렸는지 "나는 말이야, 스테인드글라스에서 반짝반짝 빛이 쏟아져 내리는 날 장례식을 치르고 싶어"라며 어머니가 희미하게 웃는다.

어머니는 세상을 떠나기 이틀 전에 세례를 받았다. 마치 시간이 멈춘 듯 고요한 오후였다.

히로코 수녀님과 하느님 이야기를 하던 어머니가 불쑥 물었다.

"제가 하느님을 만날 수 있을까요?"

수녀님이 부드러운 눈으로 어머니를 바라보며 물었다.

"세례받으실래요?"

어머니는 기쁘게 "네" 하며 크게 고개를 끄덕였다.

병실을 둘러보던 수녀님은 찻종지를 발견하고 잠시 빌리겠다고 하고는 화장실에 가서 깨끗하게 씻고 거기에 물을 조금 담아왔다. 그리고 어머니 앞에 서서 "나는 성부와 성자와 성령의 이름으로 당신에게 세례를 줍니다" 하고 말한 뒤 어머니의 이마에 물을 부었다.

창을 통해 비치는 석양이 후광처럼 빛나고 있었다. 대세를 받은 어머니는 "어떤 세례명이 좋을까요?"라고 묻는 수녀님에게 작은 목소리로 "마리아"라고 답했다. 마리아라는 세례명을 받은 어머니는 입가에 행복한 웃음을 머금고 다시 잠이 들었다.

그날 밤 병실에 온 아버지에게 어머니가 세례를 받았다는 사실을 알리자 아버지는 크게 화를 냈다. 왜냐하면 아버지는 젊었을 때 출가하여 승적에 들었기 때문이다. 전쟁으로 부친을 잃은 아버지는 어렸을 때 절에 맡겨져 그곳에서 자라고, 그대로 그 절을 이어가도록 대학에서 불교 공부를 하게 되었다. 결국엔 승려의 세계가 자기에게 맞지 않는다며 회사원이 되긴 했지만, 지금까지도 독경을 할 수 있다. 내 첫 남편이 죽었을 때 아버지가 독경을 해주었고, 마냥 울고만 있는 나에게 불경을 필사하도록 권한 사람도 아버지였다. 그런 아버지였기에 상의도 없이 가톨릭 신자가 된 어머니에게 배신당한 기분이 들었을지도 모른다.

그러나 이 병실 어딘가에 분노를 흡수하는 기계라도 붙어있는지 아버지의 화는 금세 가라앉았다. 이런저런 생각을 떠올리며 납득이 되었던 모양이다. 그러더니 어머니가 건강했을 때 어디에서 어떻게 장례식을 치를지 같이 상의했던 이야기를 해주었다.

두 분은 집 근처 작은 장례식장에서 간소하게 지내자고 결정했는데, 나중에 어머니가 다시 "나 실은 성당에서 장례식을 치러줬으면 하는데 신자가 아니면 안 되겠지?"라고 했단다. 그러고 보니 아주 예전에, 내가 유치원에 들어갈 때가 되었을 때, 근처 절에서 운영하는 곳에 다닐 예정이었는데 갑자기 어머니가 성당에서 운영하는 유치원으로 바꾸었던 기억이 떠올랐다.

"그렇구나. 네 엄마는 성당에서 마지막 여행을 떠나고 싶은 거구나. 대단하네, 히로코는." 아버지가 감회에 젖어 중얼거렸다. 그런 아버지의 모습을 보니, 용서라는 건 놀라움과 함께 오는 것인지도 모르겠다는 생각이 들었다.

사람은 날마다 마음속에서 용서할 수 없는 것들과 씨름하며 살아간다. 이러고 싶다거나 저러고 싶다는 바람이 순조롭게 이루어지지 않을 때 분노가 치솟고 용서할 수 없는 마음이 드는지도 모른다. 하지만 그럴 때 다른 관점에서 상황을 보게 된다면 이해와 함께 그때까지의 집착이 거짓말처럼 사라질지도 모를 일이다. 분명 다른 세계의 문이 열리는 것을 놀람과 동시에 깨닫는다.

아버지가 어머니의 선택에 감탄하고 있을 때, 조금 다른 이야기지만, 나는 아버지가 좀 더 고집불통인 채로 있어주길 바랐다. 왜냐하면 아버지의 분노가 사라지면 아버지마저 우리 곁을 떠나버릴 것 같았기 때문이다.

15

기도는 마음을 회복하는 시간

모든 사람은 죽음을 향해 살아간다. 이곳에서는 매일같이 누군가가 죽고 날마다 '송별'이라는 의식이 행해진다. 늘 고요한 호스피스 병동에서는 송별식 역시 조용히 진행된다.

죽은 이는 매우 멋진 옷을 입고 가족과 함께 호스피스를 떠난다. 엘리베이터를 타고 지하 영안실로 가기 전에 직원들이 고개를 숙이고 엄숙한 분위기 속에서 죽은 이를 배웅한다. 배웅하는 사람과 배웅받는 사람의 반응은 다양하지만 분명한 것은 죽은 이에 대한 그리움과, 가족과 직원 모두 이제는 손이 닿지 않는 곳으로 떠나는 '아름다운 사람'에게 말로는 다 표현할 수 없을 만큼 감사의 마음을 품고 있는 것이다.

어느 날, 아버지를 떠나보내는 딸이 배웅하는 직원들에게 꾸벅 고개를 숙이며 이렇게 말했다. "아버지가 여러분의 배웅을 받을 수 있어 정말로 행복합니다. 그동안 감사했습니다."

늘 송별 의식을 가만히 지켜보면서 나는 이 호스피스에 들어올 수 있어서 정말로 운이 좋았다고 생각했다. 적어도 남겨진 이들에게는 이곳에서 함께 보낼 수 있는 마지막 시간이 얼마나 행복한지 모른다. 호스피스는 남겨진 이들을 위해서도 고마운 곳이다.

어머니가 거의 잠들 때쯤, 간호팀장이 나에게 개인적인 이야기를 들려주었다. 일을 척척 해내는, 무척 능력 있는 그녀가 어린 손주라고 사진 한 장을 보여주며 말했다. "실은요, 나는 아이를 낳아본 적이 없어요." 아무리 봐도 손주가 있을 것 같아 보이지 않는 젊은 간호팀장은, 장성한 자녀를 둔 남성과 결혼을 해서 손주가 생겼다며, 행복한 표정으로 그 비밀을 알려주었다.

그녀가 이 남성과의 결혼을 고민하고 있을 때 히로코 수녀님에게 상의를 한 적이 있었는데, 수녀님은 "어머, 다 큰 자녀를 둔 사람과 결혼하면 손주가 생기잖아요"라며 함께 기뻐해 주었단다. 그래서 수녀님 말을 듣고 용감하게 결혼을 결심할 수 있었고, 지금은 아이가 하루하루 커나가는 모습을 보는 재미로 산다고 한다.

어머니를 돌보는 담당 간호사는 밤중에도 어머니의 등을 문질러 주는 등 곁에 머물고 있다. 이전에 근무했던 병원에서는 환자 한 사람을 보살피는 게 금지되어 있어서 이렇게 하는 것이 불가능했다고 한다. 하지만 이곳에서는 간호사 각자의 생각은 다를지라도 환자와 동행하고자 하는 뜻이 같기 때문에 그 누구도 다른 간호사가 하는 일에 대해 불평하지 않는다고 한다. 그녀는 "마음과 마음을 통하게 하는 것이 돌봄의 기본이니까요"라며 어머니가 작은 목소리로 하는 말에도 고개를 끄덕이며 귀를 기울인다.

어머니를 좋아해서 자주 병실에 들르는 시간제 근무 간호사는 '꼬리도 제 몫을 한다'는 말의 의미를 알려주었다. 그 간호사의 어머니와 아들도 다녔다는 모교의 현관에 부조로 새겨져 있는 문구인데, 나가사키에서 자기 자신도 피폭 피해자이면서 마지막까지 환자를 위해 헌신했던 나가이 다카시 박사가 한 말이라고 한다.

나가이 다카시 박사가 딸에게 돼지를 그려주었는데, 그

만 꼬리 그리는 것을 잊은 것이다. 무슨 그림인지 딸이 알아보지 못하자 허둥지둥 꼬리를 그려 넣었더니 그제야 돼지라며 좋아했다는 일화에서, 언뜻 별 가치가 없는 것처럼 생각되는 꼬리도 중요한 역할이 있다는 것을 깨닫고 남긴 말이란다.

그 간호사는 "사람에게는 각자 무엇과도 바꿀 수 없는 인생이 있고, 이곳에서 인생의 막을 내리는 거예요. 저희는 그것을 도와드리는 거지요. 꼬리도 제 몫을 한다, 꼬리의 중요성을 느끼며 날마다 간호하고 있어요"라고 말했다.

호스피스 직원들의 숭고한 뜻과 헌신에 나는 매일 감동하고 위로를 얻는다. 어떻게 모든 사람이 이렇게 친절할 수 있는 건지 어느 날 간호팀장에게 물었더니 "저기 보세요, '그리스도의 사랑'이 옷을 입고 여기저기 걸어 다니시잖아요. 대충대충 할 수 없지요"라며 지나가는 히로코 수녀님을 보며 후후후, 웃는다. 나도 무심코 하하하, 웃었다. 수녀님은 우리를 수상쩍다는 듯이 뒤돌아보며 걷다가 커다란 배식카트에 부딪힐 뻔했다.

간호팀장은 간호부장인 수녀님에게 때로는 업무상 고민

상담을 한단다. 그럴 때마다 "우리에게 부족한 건 기도예요. 기도합시다"라고 말하는 수녀님에게 이끌려 기도하고 나면, 신기하게도 대부분의 고민은 해결되어 버린다고 한다.

"사람이란 뭐든지 복잡하게 만들어 버리는 생물이에요. 하지만 감정을 말로 표현해서 기도함으로써 받아들이면 단순해지기도 하거든요. 기도하는 시간은 인간이 마음을 회복하는 시간이에요." 간호팀장이 사뭇 진지하게 말했다.

나가사키가 기도의 도시라고 불리는 것은 곳곳에 성당이 있는 풍경과 어디에서나 수녀님들의 모습을 볼 수 있기 때문이라고 막연히 생각했었다. 그런데 수녀님들의 존재가 인간의 모습을 한 기도의 마음이 아닐까 하는 생각이 들자, 그렇게 불리는 진짜 까닭을 알게 된 것 같았다.

"기도는 공짜니까요"라는 수녀님의 권유로 잘은 모르지만 기도를 해보니 묘하게도 마음이 차분해졌다. 병원 직원 중에 가톨릭 신자의 비율은 고작 20퍼센트 정도인데 신자가 아닌 직원도 가끔 성당에 간다고 한다. 병원 내에 있는 성당은 누구라도 자유롭게 드나들 수 있다. 나도 때때로 찾아가 손을 모으고 눈을 감곤 한다.

적어도 남겨진 이들에게는 이곳에서 함께 보낼 수 있는

마지막 시간이 얼마나 행복한지 모른다.

호스피스는 남겨진 이들을 위해서도 고마운 곳이다.

16

할 수 있는 것을
한 후에는
마음을 편히 가지세요

성당에 가면 성경이 있다. 나는 가톨릭 신자도 아니고 성경을 읽어본 적도 없지만, 어머니가 잠든 후 잠시 숨을 돌릴 수 있는 장소로 성당을 찾았다. 딱히 할 일도 없고 해서 성경을 펼쳤는데, 히로코 수녀님이 들어와 "같이 기도할까요?" 묻는다. 기도하는 방법도 잘 모르는 내게 수녀님은 "일단 읽고 싶은 대로 성경을 읽다가 모르는 부분이 있으면 질문해 보세요" 한다.

죽 읽어 내려가다가 왠지 마음에 걸리는 말이 있어 수녀님에게 물어봤다.

"왜 항상, 하느님 도와주세요, 이렇게 말하는 걸까요? 하느님께 너무 매달리기만 하는 게 아닌가 싶은데요."

"아, 정말 그렇네. 하느님께 도와달라고만 하네요."

수녀님은 함박웃음을 지으며 다시 말을 이었다.

"음, 그러니까 '하느님 도와주세요'라는 말은 맡겨드린다는 의미가 아닐까요? 하느님, 할 수 있는 만큼 했습니다, 열심히 했습니다, 그러니 뒷일은 잘 부탁합니다, 이런 거겠지요. 스스로 아무것도 하지 않으면서 도와달라고 말만 하면 안 되겠지만 자기가 할 수 있는 만큼 다 하고 나서 결과는 하느님께 맡긴다는 거죠. 맡긴다는 건 노력을 할 만큼 한 후에 조금 힘을 빼는 거예요. 하늘에 맡긴다는 것은, 고통 속에 있을 때 편안히 쉴 수 있는 방법이에요. 힘을 빼고 쉬지 않으면 몸이 버티질 못하겠죠?"

그렇구나, 이해가 갔다. 모든 것을 스스로 어떻게든 해보려고 하더라도 한계가 있다. 수녀님은 수긍한 내 얼굴을 보더니 "자, 기도할까요?" 넌지시 또 묻는다. 나는 다시 집요하게 기도란 무엇인지 물었다.

"응? 기도? 기도는 말이죠, 저금이에요."

"저, 저금이요?"

"맞아요. 하지만 자기 명의의 저금이 아니에요. 다른 사람 계좌에 쌓아두는 저금이에요. 제가 지금 미키 씨 마음이 조금이라도 편해질 수 있도록 기도했으니까 그게 미키 씨 명의의 저금통장에 쌓이는 거예요. 미키 씨는 그걸 원할 때 꺼내서 쓰면 돼요. 미키 씨는 조금 전에 어머니를 위해 기도했죠? 어머니는 모두가 모아준 저금을 가지고 천국에 가는 거예요. 천국에 갔을 때 저금을 잔뜩 갖고 가면 하느님께 칭찬받아요. 아아, 난 어쩌지. 다른 사람을 위한 기도뿐이니 내 저금은 한 푼도 없을지 몰라요. 분명 하느님께 야단맞을 거예요, 뭘 한 거냐고요."

진심으로 걱정하는 수녀님의 모습에 나도 모르게 웃음이 나왔다. 수녀님은 깨닫지 못할지도 모르지만, 틀림없이 대부호일 것이다.

우리는 자주 고통을 겪는 사람들에게 기도밖에 할 수 없다는 말을 하곤 하는데, 기도가 눈에 보이지 않는 저금이 된다면 사람들의 소원은 이루어지리라 믿는다.

수녀님이 내 계좌에 넣어준 기도 저금을 마음속으로 꺼내어 본다. 기도는 금세 따뜻한 마음의 양식이 된다. 기도 저금은 멋진 것이구나, 누군가 날 위해 기도하고 있음을 깨닫는 것은 소중한 일이다.

어렸을 때 배구 선수를 동경했다는 히로코 수녀님은, 저

세상에 가까운 사람들이 던져주는 언어의 공을 최대한 받아내는 것이 자신의 일이라 생각한다고 했다.

"천국에서 날아오는 고마운 공을 매일 열심히 받아내고 있지요. 뭐, 미처 못 받을 때도 있지만 그건 그것대로 어쩔 수 없지요."

어깨를 으쓱해 보이는 수녀님에게 왜 수녀가 되었느냐고 물었다.

"날 봐요. 이렇게 키가 작은데 어떻게 배구 선수가 될 수 있겠어요? 배구공 대신에 언어의 공을 받아볼까 생각해서요."

그렇게 농담을 던지고는 어렸을 때 이야기를 들려주었다.

수녀님은 홋카이도의 탄광촌에서 나고 자랐다. 그즈음 경기가 좋았던 탄광촌에서는 수많은 아이를 돌봐줄 시설이 부족해서 성당이 그 역할을 대신했다고 한다. 크리스마스가 되면 신자가 아닌 광부들이 순록 대신 말을 준비하고 썰매를 만들어 아이들에게 선물을 나눠줄 만큼, 빠듯한 살림 속에서도 사람들의 인정과 배려가 넘치는 마을이었다. 그곳 성당에서 어린아이였던 수녀님은 하느님을 만나고 "하느님의 뜻”에 따라 고등학생 때 세례를 받았다.

다른 사람에게 도움이 되고 싶다는 순수한 마음으로 하느님의 부르심에 응답하고 수녀가 되었다는 이야기에 감동받은 나를 가만히 보더니 수녀님이 은근살짝 말을 돌린다.

“미키 씨도 이쪽에 올래요? 내 제자로 삼아줄 수도 있어요.” 그러다가 이내 장난기 가득한 초등학생 같은 표정을 지으며 “아, 그건 안 되겠네요. 미키 씨는 너무 커서 맞는 옷이 없어요”라며 자그마한 수녀님이 키가 큰 나를 한참 올려다봤다. 왠지 분한 마음에 수녀복이 입고 싶다고 매달렸지만, 나중에 분장놀이로 만족하라고 하는 말에 그만 웃고 말았다.

히로코 수녀님이 배구 선수가 되고 싶었다고 어머니에게 이야기하자 옆에서 듣고 있던 간호사가 “어이쿠, 수녀님이 여기로 부임해 오신 다음 날 넘어지는 바람에 뼈가 부러졌답니다. 운동선수는 못 되셔요”라고 딱 잘라 말해 웃음이 나왔다.

그 이야기를 병실에 온 수녀님에게 했더니 속사포처럼 말을 쏟아놓는다.

"맞아요. 일하러 온 병원에 한 달이나 입원했어요. 선배들한테서 항상 '당신이 있는 곳에서 꽃피우세요'라고 배웠는데 제가 있는 곳에서 바로 뼈가 부러져 꽃피우기 전에 시들어 버릴 뻔했다니까요."

그러더니 뭔가 이상하다는 듯 "어머, 그런데 그런 이야기가 어디서 새어나갔지?" 말하고는 도청기를 찾는 시늉을 하면서 병실을 둘러보는 모습을 보고, 정말로 수녀님은 어떤 공이라도 다 받아주는구나 하고 탄복했다.

문득 어머니와 수녀님과 함께 있는 병실에서의 이 순간을 나는 영원히 잊지 못할 거라는 생각이 들었다. 기쁜 나머지 왠지 울고 싶어졌다.

17

떠나는 사람이 주는 선물을 받아주세요

"왜 죽기 전에 이렇게 괴로운 건가요?"

어머니의 질문에 히로코 수녀님은 이렇게 답했다.

"죽는 사람은 살아있는 사람의 고통을 전부 갖고 가는 거라서 죽기 전에 괴로운 거예요."

나의 고통을 가지고 가려 해서 어머니가 괴로운 거라고 생각하니 너무나 미안한 마음이 들었다. 하지만 그 말을 듣고 오히려 어머니는 "그렇구나, 그럼 힘내야지"라며 선선히 말하고는 더욱 기운을 차리려 애를 썼다.

어머니의 의식이 없어지고 몇 시간밖에 남지 않았다는 말을 들었던 날, 별실에 누워있던 나는 잠을 잘 수도 없었고 내 속에서 하나둘씩 솟구쳐 오르는 어두운 감정들을 마주하고 있었다.

왜 나 혼자만 어머니 곁에 있는지, 왜 아버지는 좀 더 곁에 있어주지 않는지, 왜 동생은 금방 가버리는지, 급기야는 지금까지 내 인생의 쓰라렸던 사건들, 참았던 일들이 봇물 터지듯 불만과 원망으로 분출하여 마치 시커먼 연기에 휩싸인 느낌이었다. 내가 이렇게 한심한 인간이었나 스스로 놀라며 잇따라 솟아오르는 억울함과 원망에 시달렸다. 꼬리에 꼬리를 무는 부정적인 감정을 멈출 수 없어 괴로워하며 몇 시간을 보냈다.

간호사가 "어머님 호흡이 변했어요. 얼른 병실로 가보세요"라며 깨우러 왔을 때 내 얼굴은 틀림없이 도깨비 같았을 것이다. 급히 일어나 한밤중의 복도를 조용히 걸어 병실로 돌아오니 아버지와 여동생이 어머니를 가만히 지켜보고 있었다. 조금 전까지 아버지와 여동생에 대해 품었던 불만과 원망이 순식간에 사라졌다.

어머니는 길고 긴 호흡을 몇 번인가 반복하더니 숨을 멈췄다. 여동생과 내가 눈물이 그렁한 눈으로 서로 마주 보며 울음을 터뜨리려는 찰나, 다시 어머니가 크게 숨을 쉬었다. 그리고 다시 긴 숨을 내뱉고 호흡을 멈췄다가 또다시 숨 쉬기를 반복했다. 슬픔에 잠겨야 할 마지막 순간에, 생각지 못한 어머니의 불규칙한 호흡 때문에 우리는 웃음을 속으로 참아야 했다. 심각한 표정의 의사와 간호사 앞에서 웃음소리를 낼 수는 없었다. 며칠 전 어머니가 "죽을 때 재미있었어"라고 말했던 건 이걸 의미하는 것이었나 하는 생각이 들었을 때, 어머니의 호흡이 완전히 멎었다.

의사가 사망 선고를 하자 아버지와 여동생은 어머니에게 고마웠다고 말했고, 나는 나도 모르게 수고했다는 말이 흘러나왔다. 어느새 날짜가 바뀌어 있었다. 부드러운 정적이 병실을 감싸고, 함께 모였던 사람들은 모두 해산했다.

얼마나 아름다운 광경인가, 여동생이 어머니에게 장례 화장을 해주고 있는 모습을 보며 나는 생각했다. 병실에는 고요한 시간이 흐르고 있다. 경야經夜와 장례식을 대비하여 여동생은 어머니의 몸단장을 하고, 나는 병실 정리를 하고 있다.

내 짐을 싸는 일은 간단히 끝났는데, 어머니의 짐을 집으로 갖고 돌아가는 것에 대해서는 망설이지 않을 수 없다. 병실에 있는 어머니의 몇 안 되는 물건들조차 보고 있으면 이리도 마음이 저려오는데, 집에 있는 어머니 물건들은 어쩌면 좋을까? 그 집에서 앞으로 아버지는 어떻게 살아가려나? 갑자기 아버지가 걱정되면서 아버지에 대한 원망이 모조리 사라져 버렸다.

부정적인 감정은 어머니가 통째로 가져갔나 보다 생각하며, 동생이 어머니에게 립스틱을 발라주는 모습을 넋을 잃고 바라본다. 얼마나 아름다운 모습인지 다시 한번 생각했다.

죽음이란 축복이다. 히로코 수녀님이 항상 이곳저곳에 있는 신호를 받아들이라고 했던 말이 이런 의미인가 하고 깨달았다. "눈앞에 있는 선물을 깨닫는 것, 그것이 이 세상을 떠나가는 사람에게 해줄 수 있는 가장 큰일이에요."

떠나는 사람은 남겨진 사람에게 수많은 선물을 준다고 한다. 하지만 남겨진 이들은 주인을 잃어버린 물건들을 바라보며, 더는 만날 수 없다는 쓸쓸함과 괴로움에 힘든 시간을 보낸다. 그러나 죽은 사람은 더 이상 질병과 삶의 고통에 얽매임 없이, 남겨진 이의 마음속에서 언제까지나 건강한 모습으로 살아간다.

내가 죽으면 어머니를 만날 수 있을지 어떨지는 알 수 없는 일이지만, 죽기 전에 어머니가 시간 여행을 했던 것처럼 나도 분명 가고 싶은 곳에 가고 만나고 싶은 사람을 만날 수 있으리라.

각자 삶의 방식이 다른 것처럼 죽음의 방식도 제각각이다. 결코 어떤 죽음에도 정답은 없다. 남아있는 이가 바람직한 죽음에 대한 이상과 기대를 품고, 다른 사람과 비교하며, 각자의 기준으로 판단하기 때문에 원통함, 후회, 참회의 마음이 솟아나는지도 모르겠다. 죽음을 축복이라고 생각할 수 있다면 그때부터 많은 선물을 받을 수 있다.

"우리에게 일어나는 모든 일이 하느님에게서 온 선물이라고 생각할 수 있으면 가장 좋겠지만…, 그건 그리 쉬운 건 아니죠."

수녀님이 해준 이 말을 떠올리며 히로코 수녀님과의 만남은 내가 어머니에게 받은 큰 선물 가운데 하나라는 생각이 들었다.

아버지와 여동생은 어머니에게 고마웠다고 말했고,

나는 나도 모르게 수고했다는 말이 흘러나왔다.

부드러운 정적이 병실을 감쌌다.

18

누구나 울고 웃으며 살아가는 거예요

간호사실 앞에서 송별 의식을 받고, 어머니를 영안실로 옮겼다가 밖에서 기다리고 있던 장의 차량에 아버지와 어머니를 먼저 보냈다. 여동생과 나는 급히 병실로 돌아와 본가에서 가져온 카펫, 그림, 쿠션, 봉제 인형과 의류 등을 챙겨 밖으로 날랐다.

"서두르지 않아도 돼요. 두고 가는 물건 없도록 천천히 하세요."

간호사들이 말했지만 그래도 우리는 서둘렀다. 마지막 짐을 들고 깨끗이 정리된 병실을 다시 한번 둘러보면서 두고 가는 물건이 없는지 확인한 후 간호사실에 인사하러 갔다. 그동안 함께해 준 간호사들, 히로코 수녀님과 헤어진다고 생각하니 무척 아쉬웠다. 이곳에 온 지 정확히 2주밖에 안 되었는데 1년 정도 된 것 같은 느낌마저 들었다.

간호팀장에게 “제가 죽을 때는 이곳으로 올 테니 잘 부탁드립니다” 했더니 “어머나, 내가 먼저지요”라며 웃는다. 히로코 수녀님을 찾았지만 다른 곳에 있어 인사를 나눌 수가 없었다. 부디 감사의 말씀을 전해달라는 부탁을 한 뒤 기다리고 있는 여동생과 함께 병원을 나와 성당으로 향했다.

속력을 낸 것도 아닌데 성당에는 우리가 먼저 도착했다. 어머니와 함께 본가 주위를 몇 바퀴 돌고 왔다는 아버지 얼굴은 환해 보였다.

우리는 신자들의 따뜻한 환영을 받았다. 이곳은 여동생과 내가 다녔던 유치원이 있는 성당이다. 성 프란치스코 병원과 이 성당이 같은 프란치스코회 계열이어서 우리는 수십 년 만에 또 이 성당에서 도움을 받게 되었다. 오랜만에 다시 찾은 성당은 어렸을 때의 내 기억보다 훨씬 더 크고 아름다웠다. 스테인드글라스에서 쏟아지는 빛이 성당 안 이곳저곳에 반사되었다.

우리를 맞아준 신자 가운데 한 명이 다가와 인사를 건네는데, 자세히 보니 젊었을 때 알고 지내던 이웃 언니였다. 당시에 갓난아기를 안고 있었던 언니는 “우리 아들은 벌써 아저씨가 다 됐어"라며 반갑게 나를 안아주었다. 자그마한 아기가 어엿한 성인이 될 만큼 시간이 흘렀지만, 그때와 다름없이 다정한 언니는 성당에 익숙하지 않은 우리를 살뜰히 챙겨주었다.

우리는 집에 들러 짐을 내리고 친척들에게 연락을 취하는 등 정말로 바쁜 시간을 보냈다. 경야 준비가 거의 끝날 무렵, 호스피스에서 전화가 왔다는 걸 알았다. 두고 간 물건이 있다는 부재중 메시지였다.

나는 아버지 차를 빌려서 혼자 호스피스로 향했다. 어머니를 호스피스로 옮길 때 둘둘 말아서 갖고 갔던 얇은 패딩을 사물함에 둔 것을 잊고 있었다. 구석구석 본다고 봤는데도 거기까지는 생각지 못한 모양이다. 꼼꼼하게 처리한다고 하지만, 지금은 아무것도 제대로 보이지 않는 건지도 모른다.

어머니가 없는 호스피스에 들어가는 건 너무나 괴로운 일이었다. 어머니가 세상을 떠나고 나서 눈물 한 방울 흘리지 않았는데, 혼자 엘리베이터를 타고 문이 닫히자 갑자기 울음보가 터져 눈물이 계속 쏟아졌다. 4층에 도착해서 문이 열리자 그곳에는 마침 히로코 수녀님이 서있었다.

"어머, 미키 씨, 죽을 때 다시 온다고 하지 않았어요? 빨리 왔네요. 잘 왔어요."

수녀님은 웃는 얼굴로 나를 맞아주었다. 눈물이 멎지 않는 나를 보고 수녀님은 등을 가볍게 두드리며 위로해 주었다.

"울지 않는 게 더 문제예요. 잘됐어요, 잘됐어."

"이곳에서 천국으로 여행을 떠나신 환자분의 가족이 병실의 벽을 만져보고 싶다며 오시는 일도 있어요. 가장 사랑하는 사람이 살았던 마지막 장소니까요."

수녀님은 조용히 나를 휴게실 의자에 앉히더니, 내 손을 꼭 잡으며 말했다.

"지금부터가 힘들지도 몰라요. 아참, 미키 씨, 가마쿠라에 살죠? 거기 서핑하는 사람들 잔뜩 있죠? 바다로 가세요."

"여러 가지 일들이 있지만, 또 여러 가지 일들이 없으면 인생이 재미없어요. 파도가 없으면 즐길 수 없는 서핑과 마찬가지지요. 거센 파도가 몰려오기 때문에 서핑을 즐길 수 있는 거예요. 어찌해도 괴로울 때면 바다에 가서 멍하니 서핑하는 사람들을 바라보세요. 파도 타는 사람들의 미소를 보면 돼요. 하느님은 말이죠, 사람을 통해서 사람을 도우세요. 다른 사람의 웃는 얼굴을 보고 위로를 받으세요. 울기도 하고 웃기도 하면서 살아가는 거예요."

수녀님의 말을 가만히 듣고 있는 내 마음에 어느새 따듯한 바람이 분다.

히로코 수녀님은 금방 어린아이와 같은 표정을 지으며 "나도 서핑해 보고 싶어요" 하고는 해맑게 웃는다. 나도 모르게 수녀님이 서핑하는 모습을 상상하며 그만 피식 웃어버렸다. 순간 수녀님에게 얼른 죄송하다며 상황을 수습하려는데 간호팀장이 사물함에 두고 간 패딩을 가져왔다.

"미키 씨가 여기 왔을 때는 여름의 끝물이었는데 이제 완연한 가을이 됐네요"라며 그녀는 옷을 얇게 입은 내게 어머니의 패딩을 걸쳐주었다.

"나가사키에 돌아오면 언제라도 놀러오세요."

엘리베이터 문이 닫힐 때까지 수녀님은 손을 흔들며 나를 배웅해 주었다.

문이 닫히기 직전 내 눈에 비친 히로코 수녀님의 자애로운 미소와 호스피스 병동을 가득 채운 고요하고 평온한 기도의 분위기, 그리고 오늘 밤에도 누군가 여행을 떠날 듯한 느낌, 그 모든 것은 너무도 신성하고 아름답고 따뜻했다.

마치며

어머니가 세상을 떠난 지 올가을로 여섯 해가 되었다. 어머니가 떠난 후, 고맙다는 말을 입에 달고 살았던 아버지는 올해 82세로 눈을 감았다.

3년 전, 아버지가 혼자 가마쿠라에 훌쩍 찾아왔을 때 예전에 어머니와 셋이 탔던 관광버스를 둘이서 타고 다니며 어머니 이야기를 했다. 가끔 나도 나가사키로 돌아가 아버지와 밥을 먹거나 술을 마시기도 했다. 아버지도 나도 살아 있는 동안 각자의 역할을 하며 좋은 추억을 만드는 데 진념했던 것 같다. 그것은 마치 어머니가 호스피스에서 내게 주었던 시간과 같이, 한편으로는 가족이 회복되는 시간을 만들어 주는 듯한, 무척 의미 있는 시간이었다.

세상을 떠나기 전 몇 개월간, 아버지는 여동생의 헌신적인 병간호를 받으며 행복해 보였다. 위독하다는 소식을 듣고 병원으로 달려갔을 때 아버지는 이미 말을 할 수 없는 상황이었지만, 언제 하늘의 부름을 받아도 이상하지 않을 상태로 사흘 동안 살아있었다. 마지막으로 곁에 있을 수 있는 시간을 허락받은 건 행운이었다.

누구에게나 각자 가족의 이야기가 있고, 각자 가족을 대하는 자기만의 방식이 있다. 여동생과 내가 아버지를 대하는 방법은 달랐지만, 그것으로 충분하다고 생각한다. 죽음은 축복이라는 것을 아버지의 죽음을 통해 다시 한번 확인할 수 있었다.

소중한 사람을 잃으면 남겨진 이에게 많은 사람들의 애정이 쏟아진다. 내가 그것을 확실히 받을 수 있었던 건 그것이 떠나는 사람이 주는 선물이라고 가르쳐 준 히로코 수녀님 덕분이다.

운 좋게도 책을 출판할 기회를 얻어 수녀님을 만나러 호스피스에 몇 번 다녀왔다. 수녀님은 "제가 주인공이 아니라 어머님이 주인공이지요. 제가 어머님께 많은 가르침을 받았어요"라는 말을 반복했지만, 나는 수녀님에게 받은 가르침을 필요한 이들에게 전하고 싶다는 마음으로 펜을 들었다. 히로코 수녀님의 찬란히 빛나는 호스피스 레슨은 진정 웃으며 살아가기 위한 귀중한 가르침이기도 하다.

이 책을 쓰는 데 성 프란치스코 병원의 종사자분들에게 큰 도움을 받았다. 마음 깊이 감사드린다.

2018년 10월, 고이데 미키

하느님은 사람을 통해서 사람을 도우세요.

울기도 하고 웃기도 하면서 살아가는 거예요.

…

어느새 내 마음에 따듯한 바람이 분다.